토니오 크뢰거

토니오 크뢰거

Thomas Mann : Tonio Kröger

토마스 만

—

문미선 옮김

북산

□

일러두기 Ⅰ

• 이 책은 독일 피셔 출판사가 출간한 *Tonio Kröger/ Mario und der Zauberer* 문고판 Fischer Taschenbuch Schulausgabe(1976)을 원본으로 하였습니다.

• 원본에 충실한 번역서를 만들고자 하였습니다. 번역 기준에 관한 사항은 2부 해설 부분의 일러두기 Ⅱ(148~150 쪽)에서 상세히 소개하였습니다.

차례

1부

–

토니오 크뢰거

1

겨울 해는 단지 초라한 형체의 흐릿한 우윳빛으로, 좁다란 도
시 위 구름층 뒤에 걸려 있었다. 합각지붕이 늘어선 축축한 거
리에는 바람이 불었고, 가끔 얼음도 눈도 아닌, 부드러운 싸라
기 같은 것이 떨어졌다.

학교가 끝났다. 해방된 아이들이 네모 돌로 다듬은 안마당을
지나 쇠창살 교문 밖으로 우르르 쏟아져 나오더니, 오른쪽 왼
쪽으로 나누어져 서둘러 떠나갔다. 큰 학생들은 책 꾸러미를
왼쪽 겨드랑이에 기품 있게 올려 끼우고, 오른쪽 팔로는 바람
에 맞서 노를 젓듯이 돌리며 점심을 먹으러 갔다. 작은 녀석들
은 쾌활하게 발걸음을 재촉하다 보니, 살얼음이 사방으로 튀
고 물개 가죽 가방 속에선 온갖 학용품들이 달그락거렸다. 하
지만 중절모자에 주피터 수염을 기른 주임 선생님이 자로 잰
듯 정확한 걸음으로 지나가시면, 학생들은 여기저기서 모두
모자를 벗고 공손한 눈빛으로 인사했다……

"한스, 이제야 오는 거야?" 토니오 크뢰거가 말했다. 차도에서

오랫동안 기다렸던 그는 미소를 지으며 친구에게 다가갔다. 한스는 다른 학급 친구들과 이야기를 나누며 교문을 나서서, 그곳을 막 떠나려던 참이었다······

"왜?" 그가 물었다. 그리고 토니오의 얼굴을 쳐다보며······ "아, 맞다! 그러면 잠시 같이 걷자."

토니오는 입을 다물었다. 눈물이 핑 돌았다. 한스는 나랑 오늘 오후 잠시 산책하기로 한 걸 잊고, 이제야 그게 생각났단 말인가? 그런데 나는, 나 자신은 약속한 후로 한시도 잊지 않고 들떠 있었다니!

"자, 애들아, 잘 가!" 한스 한젠이 친구들에게 말했다. "난 크뢰거랑 같이 좀 가야겠어." ― 그러고 그 둘은 왼쪽으로 돌았고, 다른 친구들은 오른쪽으로 천천히 떠나갔다.

한스와 토니오는 방과 후에 산책할 시간이 있었다. 그 둘은 오후 4시가 되어서야 점심 정찬을 차리는 집안의 자제로, 부친들이 큰 사업을 하며 공직도 겸하고 있는 도시의 유력 인사였다. 한젠 집안은 벌써 여러 세대에 걸쳐 저 아래 강가에서 커다란 목재 보관소를 운영하고 있고, 오늘도 그곳에선 어마어마하게 큰 기계톱이 왱왱, 쉭쉭 소리를 내며 나무를 통째로 잘라내고 있었다. 토니오는 크뢰거 영사의 아들로, 사람들은 검고 커다란 상회 직인이 찍힌 그 집안의 곡물 자루가 마차에 가득 실려 하루도 빠짐없이 거리를 지나가는 것을 보았다. 그래서 그의 조상들이 살아온 크고 오래된 집은 도시 전체에서도 가장 위풍당당했다…… 두 친구는 많은 지인 때문에 계속 모자를 벗으며 인사해야 했는데, 사실 적지 않은 어른들이 14살짜리 친구들에게 먼저 인사를 건넸다……

둘 다 양어깨에 책가방을 메고 있었고, 둘 다 따뜻하고 좋은 옷을 입고 있었다. 한스는 넓고 파란 해군복 옷깃이 어깨와 등을 덮은 짧은 선원 코트를, 토니오는 벨트가 달린 회색 피코트를 입고 있었다. 한스는 짧은 리본이 달린 덴마크식 선원 모자를 썼고, 그 밑으로 연한 금발이 한 움큼 솟아 나와 있었다. 그는 대단히 잘생긴 데다 체격도 좋았다. 어깨는 딱 벌어지고 허리는 날씬했으며, 양미간은 시원했고 강철 같은 파란 눈은 예리하게 빛났다. 그와 달리 토니오는 둥근 모피 모자를 썼고, 그 밑으로 가무스름하고 남국형이 확실해 보이는 날카로운 얼굴 윤곽에, 무척 무거워 보이는 눈꺼풀, 약간 그늘진 검은 두 눈은 꿈을 꾸는 듯, 겁을 먹은 듯 보였다…… 입과 턱선은 유난히 부드러웠다. 그가 무심하게 발길 닿는 대로 걸었다면, 한스는 검은 양말을 신은 날씬한 두 다리로 리듬에 맞춰 아주 탄력 있게 성큼성큼 걸었다……

토니오는 말이 없었다. 마음에 고통을 느꼈다. 그는 약간 비스듬히 난 눈썹을 찌푸리고 휘파람을 불 때처럼 입술을 둥글게 오므리고, 고개를 옆으로 기울인 채 먼 곳을 바라보았다. 이러한 자세와 표정은 토니오 특유의 것이었다.

갑자기 한스가 토니오의 팔짱을 끼더니 옆에서 바라보았다. 그는 지금 이 순간, 무엇이 문제인지 너무나 잘 알고 있기 때문이었다. 토니오는 말없이 계속 걷고 있었지만, 기분은 단번에 풀리며 좋아졌다.

"토니오, 잊은 게 절대 아니라니까!" 한스가 자기 발아래의 보도를 내려다보며 말했다. "이렇게 땅이 젖어 있고 바람이 부니까, 난 그냥 오늘은 아무 일도 일어나지 않겠구나, 생각했던 거지. 하지만 이젠 아무렇지도 않아. 어쨌든 네가 날 기다려줬잖아, 정말 멋지다고 생각해. 난 네가 벌써 집에 간 줄 알고, 화가 났거든……"

토니오는 이 말을 듣고 마음속으로 뛸 듯이 기뻐하며 환호했다.

"그럼, 우리 둑길을 넘어가 보자!" 그는 감동한 목소리로 말했다. "한스, 내가 뮐렌 둑길과 홀스텐 둑길을 넘어서 너희 집까지 데려다줄게…… 괜찮다니까, 이따 집에 혼자 가게 되겠지

만. 난 진짜 아무렇지도 않아. 다음번엔 네가 날 데려다주면 되
잖아."

사실 그는 한스가 했던 말을 곧이곧대로 믿지도 않았거니와 그
가 이 산책에 대해 생각하는 비중이 자신의 절반도 미치지 못
한다는 것을 분명히 느끼고 있었다. 그러나 한스가 약속을 잊
은 것에 대해 뉘우치고, 그와 화해하려 애쓰는 것도 알고 있었
다. 그래서 그는 이 화해를 거부할 마음이 전혀 없었다……

문제는, 토니오가 한스 한센을 사랑하고, 그 때문에 벌써 수많
은 아픔을 겪어왔다는 것이다. 더 많이 사랑하는 사람은 패배
자이며, 괴로울 수밖에 없다 — 이 간단하고 가혹한 삶의 교훈
을 14살짜리 영혼은 이미 받아들이고 있었다. 그는 이런 아픈
경험을 유념해 두었다가, 말하자면 마음속에 잘 새겨두었다
가 거기에서 어느 정도 기쁨을 느끼기도 했다. 그렇더라도 자
기 자신을 일부러 그런 감정으로 몰아가, 거기에서 어떤 실질
적인 이득을 보려는 그런 성격의 소유자는 아니었다. 그는 그
저 학교에서 강요하는 지식보다 이런 삶의 교훈이 훨씬 더 중
요하고 흥미롭다고 생각했다. 그래서 고딕식 둥근 천장이 있
는 교실에서 수업 받는 대부분의 시간에도, 이런 통찰을 철저
하게 느껴보고 끝까지 생각해 보는 데 몰두했다. 그에게 이러
한 작업은, 마치 자신의 방에서 바이올린을 들고 왔다 갔다 하

며 (그는 바이올린을 켤 줄 알았기 때문에), 연주할 수 있는 가장 부드러운 소리를 내어, 저 아래 정원의 오래된 호두나무 가지 아래에서 춤추듯 솟아오르는 분수 물줄기의 찰찰거리는 소리에 화음을 넣어줄 때와 같은, 그런 아주 비슷한 만족감을 주었다……

분수, 오래된 호두나무, 바이올린, 그리고 저 멀리 있는 바다, 방학이면 남몰래 여름날의 꿈에 대해 들려주던 발트해, 이런 것들을 그는 사랑하였고, 이런 것들에 둘러싸여 있었고, 이런 것들 사이에서 그의 내적 삶이 펼쳐졌다. 그리고 이들 이름은 그가 썼던 시에서 멋지게 사용되어, 실제 토니오 크뢰거가 때때로 완성하였던 시에서 항상 다시 울려 퍼졌다.

자신의 실수로 자작시를 적은 공책을 가지고 있다는 사실이 친구들뿐 아니라 선생님들에게도 알려지게 되자, 그는 큰 상처를 받았다. 크뢰거 영사의 아들에게는 한편으로 이런 상황을 못마땅해한다는 것이 어리석고 천박해 보였다. 그래서 그는 반 친구들과 선생님들을 경멸하였고, 안 그래도 그들의 좋지 않은 생활습관에 거부감을 느끼며 그들의 약점까지 기이할 정도로 훤히 꿰뚫던 터라 더욱 그러했다. 그러나 다른 한편으론 자신도 시를 쓴다는 것이 정상궤도에서 벗어나 참으로 부적절하다고 느껴져, 시 쓰기가 이상한 짓이라 여기는 그들 모두를 어느 정도는 인정할 수밖에 없었다. 그렇다고 이 사실 자체가 그의 글쓰기를 그만두게 할 수는 없었다……

그는 집에서는 시간을 낭비하고 수업 중엔 이해가 늦고 딴생각에 빠져 선생님들의 평가가 나쁠 수밖에 없어서, 집에는 항상 가장 초라한 성적표를 가져왔다. 그러면 세심한 옷차림을 하고 생각에 잠긴 듯한 파란 눈의 키 큰 신사, 항상 들꽃 한 송이를 단춧구멍에 꽂고 다니던 토니오의 아버지는 크게 화를 내며 걱정하였다. 하지만 토니오의 엄마는 그런 성적표에 아무런 관심도 없었다. 어머니는 검은 머리의 아름다운 여성으로, 이름은 콘수엘로 — 아버지가 그 옛날 언제인가 지도상의 남쪽 끝 나라에서 데려왔기 때문에, 이 도시의 여느 부인들과는 너무나 달랐다……

토니오는 피아노와 만돌린을 기가 막히게 잘 연주하는 가무스름한 피부의 정열적인 어머니를 사랑했으며, 그녀가 사람들 사이에서 제대로 인정받지 못하는 아들에 대해 한탄하지 않는 것도 기뻤다. 그러나 그는 다른 한편으로 아버지의 노여움이 훨씬 더 위엄 있고 존경스럽다고 느꼈다. 비록 꾸지람을 듣긴 했지만, 그는 근본적으로 아버지에게 공감하였고, 오히려 어머니의 명랑한 무관심을 다소 경박하다고 느꼈다. 가끔은 이런 생각도 해보았다. 난 지금의 내가 딱 좋아. 고치고 싶지도 않고, 고칠 수도 없어. 내가 이렇듯 될 대로 되라는 식으로, 고집스럽게, 다른 사람들은 관심조차 보이지 않는 것에 마음을 쓰고 있으니, 이런 나를 적어도 엄하게 꾸짖으며 벌을 주는 것이, 입맞춤이나 하며 음악 같은 것으로 은근슬쩍 넘어가는 것보다 옳고 마땅한 일이 아닐까. 우리는 결코 초록 마차를 타고 다니는 집시족이 아니라, 점잖은 사람들, 크뢰거 영사의 가족들, 크뢰거 가문이니까……

그는 때로 이런 생각도 했다. 나는 도대체 왜 이렇게 유별나서, 사사건건 충돌하며, 선생님들과 사이가 좋지 않고, 친구들 사이에선 겉돌기만 하는 걸까? 다른 애들을 좀 봐. 저 착한 학생들을 좀 보라니까. 얼마나 착실하고 평범한가. 그 애들은 선생님을 우습게 여기지도 않고, 시를 쓰지도 않고, 그저 남들이 생각하는 것, 누구나 큰 소리로 말할 수 있는 것만 하고 살잖아. 그게 지극히 정상적이지. 그 애들은 진정으로 모든 것과 모든 사람과 일치하여 살고 있다고 느끼는 것이 확실해! 얼마나 좋겠어…… 그런데 왜 난 이 모양일까, 그리고 이런 것들은 모두 어떻게 끝이 날까?

이렇듯 자신을 성찰하고, 바깥세상과 자신의 관계를 성찰하는 방식은, 토니오가 한스 한젠을 사랑하는 데 중요한 역할을 했다. 그는 무엇보다 한스가 잘생겼기 때문에 사랑했다. 그다음으론 그가 모든 면에서 자신과 정반대, 대립의 존재로 보였기 때문에 사랑했다. 한스 한젠은 우등생일 뿐 아니라, 마치 영웅처럼 말을 타고, 체조하고, 수영도 하는 쾌활한 소년으로 모든 이의 인기를 독차지했다. 선생님들은 그에게 거의 애정에 가까운 호의를 가지고 있어, 그를 성을 뺀 이름으로 부르며 모든 면에서 이끌어주려 했다. 반 아이들도 그와 친해지려 애썼다. 또 길거리에서 만난 신사와 숙녀들은 그를 붙잡아 세우고, 덴마크식 선원 모자 아래로 솟아 나온 그의 연한 금발을 어루만지면서 말했다. "안녕, 한스 한젠. 머릿결이 곱기도 하구나! 반에선 여전히 일등이겠지? 장한 도련님, 아빠 엄마께 안부 전해다오……"

한스 한젠은 그런 아이였다. 토니오 크뢰거는 한스를 알게 된후로, 그를 보기만 해도 동경을, 가슴을 짓누르며 불타오르는 질투의 동경을 느꼈다. 누구라도 저런 파란 눈을 가지고 있다면, 토니오는 생각했다, 그렇다면 너처럼 질서 속에서, 온 세상 사람들과 어울려서 행복하게 살아갈 텐데! 너는 항상 예의 바르고 누구나 칭찬할 만한 일을 하고 있잖아. 학교 숙제가 끝나면 승마 수업을 받거나 실톱을 가지고 작업하고, 방학 때조차 바닷가에서, 노를 젓거나 요트를 타거나 수영하느라 여념이 없지. 그때 나는 빈둥빈둥 멍하니 모래 위에 누워 바다 위를 스치며 신비롭게 바뀌어가는 무언극이나 뚫어지게 바라보고

있으니. 하지만 그래서 너의 눈이 그리도 맑은 거야. 너와 같을
수 있다면……

그가 한스 한젠처럼 되고자 시도해 본 적은 없었다. 그리고 그
런 소망을 진지하게 가져본 적 역시 한 번도 없었다. 하지만 자
신의 있는 모습 그대로, 그에게 사랑받기를 바라는 마음만은
고통스러울 만큼 간절했다. 그래서 그는 그만의 방식으로, 천
천히 마음을 바쳐 헌신하며 열정을 다하는 슬픈 방식으로, 그
의 이국적인 외모에서 기대할 수 있을 법한 그 어떤 격렬한 열
정보다 더욱 깊고도, 더욱 애타게 타오를 수 있는 슬픔으로, 그
의 사랑을 얻으려 했다.

그리고 그런 구애가 완전히 헛된 것만은 아니었다. 사실 한스
는 그 어떤 탁월함, 즉 어려운 문제를 쉽게 표현할 줄 아는 토
니오의 능숙한 언어 능력을 존중했다. 그리고 때로는 토니오
의 마음이 유난히 강하고 부드러운 애정에 두근거린다는 것
을 대단히 잘 파악하여 고마움을 드러내며 호의를 베풀어, 그
를 여러 번 행복하게 해주었다. ― 하지만 질투와 실망, 정신적
으로 하나가 되려고 했던 헛된 노력은 그에게 적지 않은 고통
으로 다가왔다. 정말 이상한 일은 토니오가 한스 한젠의 존재
양식을 진정으로 부러워하면서도, 끊임없이 자신의 존재 방식
쪽으로 그를 끌어당기려 했다는 것이다. 그것은 기껏해야 순

간적이고, 표면적으로만 성공할 수 있을 뿐이었는데……

"내가 요즘 뭔가 놀라운 걸 읽었어, 뭔가 굉장했지……" 그가 말했다. 두 친구는 함께 걸으며, 뮐렌 둑길의 크레머 이버젠 씨 가게에서 10페니히를 주고 산 과일사탕을 봉지에서 꺼내 나눠 먹었다. "너도 그걸 꼭 읽어봐야 해, 한스, 뭐냐면, 실러의 '돈 카를로스'인데…… 내가 빌려줄게, 네가 원한다면……"

"아, 아니야" 한스 한젠이 말했다. "그냥 둬, 토니오. 나에겐 어울리지 않아. 난 그냥 말에 관한 책이나 볼래. 너도 알잖아. 거기 멋진 사진들이 있다는 거. 약속할게, 언제 우리 집에 오면 내가 보여줄게. 순간 촬영한 사진들인데, 말이 빨리 걸을 때, 달릴 때, 뛰어오를 때 모습들, 다 볼 수 있어. 보통은 너무 빨라서 그냥 눈으로는 도저히 볼 수 없는 자세들도 전부 다 볼 수 있다구……"

"전부, 다?" 토니오가 예의상 물었다. "정말, 멋지겠다. 하지만 '돈 카를로스'는 말이야, 이건 완전히 상상을 초월한다니까. 거기 이런 대목이 있어. 네가 봐야 하는데. 너무나 아름다워서 뭔가 충격을 주며, 말하자면 쿵 하는 소리가……"

"쿵 하는 소리가?" 한스 한젠이 물었다…… "왜?"

"거기 예를 들면, 왕이 후작에게 속아서 우는 장면이 나오는데…… 그렇지만 후작도 단지 왕자를 위해 왕을 속인 거야, 알겠어? 후작이 왕자를 대신해 자신을 희생한 거지. 하여간 밀실에서 편전으로 왕이 울었다는 소식이 전해지자, '우셨다고?' '폐하께서 우셨다고?' 궁정의 신하들은 굉장히 놀라워하며 큰 충격을 받았지. 왜냐하면 그는 지독히 완고하고 엄격했거든. 하지만 그런 왕이 울었다는 걸, 너무나 잘 이해할 수 있잖니. 난 사실 왕자와 후작을 합친 것보다 왕이 훨씬 더 불쌍해. 왕은 언제나 몹시 외롭고 아무에게도 사랑받지 못했거든. 이제야 한 사람을 발견했다고 믿었는데, 그 사람이 또다시 배신하다니……"

한스 한젠이 옆에서 토니오의 얼굴을 쳐다보았다. 그의 얼굴에 나타난 무언가가, 그를 이 이야기로 끌어들인 것이 분명했다. 왜냐하면 그가 갑자기 토니오의 팔짱을 다시 끼더니 물었기 때문이었다.

"토니오, 후작은 도대체 왕을 어떻게 배신한 건데, 토니오?"

그는 가슴이 벅차올랐다.

"응, 그건 말이야," 그가 이야기를 시작했다. "브라반트와 플란데런으로 가는 편지가 모두……"

"아, 저기 에르빈 이머탈이 온다" 한스가 말했다.

토니오는 입을 다물었다. 저 이머탈 자식! 대지가 저 녀석을 집어삼켜 버리면 좋으련만! 그는 생각했다. 왜 하필 이럴 때 나타나 우리를 방해하는 건데! 제발 저 녀석이 우리와 함께 걸으며, 가는 길 내내 승마교습 이야기나 하지 않으면 좋으련만…… 에르빈 이머탈 역시 승마교습을 받고 있었다. 그는 은행장의 아들로, 여기 성문 밖에 살고 있었다. 구부정하게 휜 다리와 가늘고 긴 눈을 가진 그는 벌써 책가방도 없이 가로수길을 따라 그들에게 다가오고 있었다.

"안녕, 이머탈" 한스가 말했다. "난 크뢰거와 좀 걷고 있었어……"

"난 시내로 가야 해" 이머탈이 말했다. "볼일이 좀 있어서. 하지만 너희랑 조금 걷지 뭐…… 너희 거기 가지고 있는 거 과일 사탕, 맞지? 아, 고마워. 몇 개 먹어볼게. 한스, 내일 우리 다시 교습이 있잖아" ─ 교습이란 승마교습을 말하는 것이었다.

"멋진 일이지!" 한스가 말했다. "있잖아, 난 이제 가죽 각반을 받게 될 거야. 최근에 치른 필기시험에서 최고 점수를 받았거든……"

"크뢰거, 아마도, 넌 승마교습을 안 받지?" 이머탈이 물었다. 이때 그의 두 눈은 그저 반짝이는 한 쌍의 가느다란 틈새 같았다……

"아니긴 해" 토니오는 아주 애매한 말투로 답했다.

"너도 해봐" 한스 한젠이 끼어들어 말했다. "너도 아버지께 말씀드려 교습을 받아보지 그래, 크뢰거."

"그럴게……" 토니오는 황급하고 성의 없이 대답했다. 순간 그의 목구멍이 죄어왔다. 한스가 그를 성으로 불렀기 때문이었다. 그리고 한스도 그것을 느낀 것 같았다. 이런 변명을 그가 덧붙였다.

"내가 널 크뢰거라 부른 건, 네 이름이 진짜 이상하기 때문이야. 아, 미안, 하지만 난 네 이름을 좋아하지 않아. 토니오…… 이건 도대체 이름이 아니잖아. 하긴 그게 네 탓은 아니지, 아니고말고!"

"그럼 아니고말고. 어쩌면 네 이름이 무엇보다 아주 이국적으로 들리는 데다 뭔가 특이해서……" 이머탈이 이렇게 말하며, 마치 타이르려고 하려는 듯이 행동했다.

토니오가 입을 씰룩거렸다. 그는 생각을 가다듬고 말했다.

"그래, 바보 같은 이름이지. 하느님은 아시겠지만, 나도 내 이름이 차라리 하인리히나 빌헬름이었으면 좋겠어. 너희도 그건 믿을 수 있을 거야. 하지만 내 이름은 우리 외삼촌한테서 따온 거야. 안토니오라는 이름에서 내 세례명을 지었거든. 우리 엄마가 저 멀리에서 오셔서……"

그러고 나서 그는 입을 꾹 다물고 두 친구가 말과 가죽 물건 따위에 관해 이야기하도록 내버려두었다. 한스는 이머탈의 팔짱을 끼고 큰 관심을 보이며 이야기를 나누었다. 그런 관심은 '돈 카를로스'로는 도저히 불러올 수 없는 것이었다…… 토니오는 가끔 코끝이 찡해지며 울고 싶은 충동을 느꼈다. 그리고 자꾸 떨리는 턱을 억지로 진정시키려 무진 애를 썼다……

한스는 내 이름을 좋아하지 않는다 ─ 그렇다고 무얼 어쩌겠어? 그는 한스이고, 이머탈의 이름은 에르빈이다. 좋다. 그런 이름들은 널리 인정받아서, 그 누구도 이상하게 생각하지 않지. 하지만 '토니오'는 뭔가 이국적이고 특이하잖아. 그랬다, 토니오는 그가 원하건 원치 않건 모든 면에서 뭔가 특이했다. 그래서 그는 외톨이였고, 일상의 평범한 사람들 속에 끼지 못했다. 초록색 마차를 타고 떠돌아다니는 집시가 아니라 크뢰거 영사의 아들, 크뢰거 가문 출신인데도…… 그런데 한스는 우리 단둘이 있을 때는 나를 토니오라고 부르다, 제3 자가 끼어들면 왜 갑자기 이 사실을 창피해하기 시작하는 걸까? 나는 가끔 한스와 친해져서 그의 마음을 얻기도 했다. 정말이지, 토니오, 후작은 도대체 왕을 어떻게 배반한 건데? 하고 그가 물으며 나의 팔을 끼지 않았나. 그러다가 이머탈이 오자, 안도의 숨을 내쉬며 나를 저버리고, 까닭 없이 내 이국적인 이름을 비난하다니. 이 모든 것을 꿰뚫어 보는 것은 얼마나 고통스러운지…… 한스 한센은 우리끼리 있을 땐. 사실 약간은 나를 좋아하는 것 같았다. 나는 그것을 알고 있었다. 그러다 제3 자가 나타나면, 그는 이 사실을 창피해하며, 토니오를 희생양으로 삼았다. 그리하여 그는 다시 혼자가 되었다. 필리프 왕이 생각났다. 왕은 울었다……

"아이고, 큰일 났네, 이젠 정말 시내로 가야겠어!" 에르빈 이머탈이 말했다. "얘들아 안녕. 과일사탕 고마웠어!" 그러고는 길가에 놓여 있는 벤치로 뛰어올라 구부정한 다리로 그 위를 따라 걷다가 빠른 걸음으로 멀어져 갔다.

"나는 이머탈이 진짜 좋아!" 한스가 힘주어 말했다. 그는 좋아하는 것과 싫어하는 것을 밝히고 자신의 감정을 마치 선심 쓰듯 사람들에게 나누어 주는, 그런 버릇없고 자의식에 가득 찬 기질을 가지고 있었다……

그러고 그는 내친김에 일단 시작했던 승마교습 이야기를 계속
했다. 한젠 집안이 사는 집까지는 멀지 않았다. 둑길을 걷는 산
책길에 긴 시간이 필요한 건 아니었다. 그들은 모자를 꽉 잡고
습기 찬 강풍을 막기 위해 머리를 숙였다. 앙상한 나뭇가지가
삐그적삐그적 신음하는 소리를 냈다. 그래도 한스는 이야기를
이어갔고. 토니오는 그저 가끔 마지못해, 아 그렇지. 맞아, 맞
아. 라고 할 뿐, 한스가 혼자 이야기에 빠져 팔짱을 다시 끼어
도 그리 기쁘지 않았다. 그것은 단지 겉치레를 위한 접근일 뿐,
아무 의미도 없었기 때문이었다.

그러는 사이 그들은 정거장에서 멀지 않은 곳의 둑 아래 풀밭
을 벗어나, 기차가 덜커덩거리며 서둘러 칙칙폭폭 지나가는
것을 바라보았다. 그들은 심심풀이로 기차 칸수를 세어보기도
하고, 맨 마지막 칸 꼭대기에 모피를 두르고 앉아 있는 남자에
게 손을 흔들어주기도 했다. 그리고 그들은 보리수 광장 옆에
있는 대사업가 한젠의 저택 앞에 멈춰 섰다. 한스는 아래쪽 정
원 문 위에 올라서서, 돌쩌귀에서 삐걱삐걱 소리가 날 때까지
이리저리 몸을 흔드는 일이 얼마나 재미있는지 자세히 보여주
었다. 그런 뒤에 그는 작별인사를 했다.

"자 이제, 들어가 볼게" 한스가 말했다. "잘 가, 토니오. 다음번엔 내가 널 바래다줄게. 꼭 그럴게."

"잘 있어, 한스" 토니오가 말했다. "산책해서 좋았어."

악수하는 그들의 손이 몹시 축축했고, 정원 문의 녹이 묻어났다. 그러면서 한스가 토니오의 눈을 보았을 때, 그의 잘생긴 얼굴엔 약간 후회 비슷한 기색이 역력했다.

"있잖아, 다음번엔 나도 '돈 카를로스'를 읽을게!" 그가 재빨리 말했다. "밀실의 왕 이야기는 정말 멋질 거야!" 그러고 나서 그는 책가방을 겨드랑이에 끼우고 앞마당을 가로질러 뛰어갔다. 집 안으로 사라지기 전, 그는 다시 한 번 뒤를 돌아보며 머리를 끄덕여 인사했다.

그러자 토니오 크뢰거는 기분이 무척 상쾌해져서, 날개를 단 듯 그곳을 떠났다. 바람이 그의 등을 밀어주기도 했지만, 그가 그곳을 그토록 가벼운 마음으로 떠났던 것은 단지 바람 때문만은 아니었다.

한스는 '돈 카를로스'를 읽을 거야. 그러면 우린 우리 둘만의 뭔가를 갖게 되는 거지. 그것에 대해선 이머탈도, 그 누구도 끼어

들어 말할 수 없을 거야! 우린 정말 친해지는 거라고! 누가 알아 — 혹시 한스도 나처럼 시를 쓰게 할 수 있을지?…… 아니야, 아니야, 그건 그가 원치 않을 거야! 한스가 토니오처럼 되어선 안 되지. 그는 지금과 같이 밝고 씩씩하고, 모든 사람이 사랑하는 모습으로, 특히 토니오가 가장 사랑하는 모습으로 남아야 해! 그렇지만 한스가 '돈 카를로스'를 읽는다 해서 해로울 건 없잖아…… 토니오는 이런 생각을 하며 오래되고 나지막한 성문을 지나 항구를 따라 걷다가, 합각지붕들이 늘어선 가파르고 바람이 휘몰아치는 축축한 골목길을 따라 부모님의 집으로 올라갔다. 그 당시 그의 심장은 살아 있었다. 그 속에는 갈망이 있었고, 우울한 질투와 약간의 경멸, 그리고 온전하고 순결한 축복이 있었다.

2

금발의 잉에, 잉에보르크 홀름, 높고 뾰족한 여러 가지의 장식들이 솟아 있는 고딕식 분수가 있던 그곳, 그 광장 근처에 살던 의사 홀름의 딸, 바로 그녀를, 토니오 크뢰거가 16살 적에 사랑했었다.

사랑은 어떻게 찾아왔을까? 그는 수천 번 그녀를 보아왔다. 그런데 어느 날 저녁, 그녀를 어떤 불빛 아래에서 보았다. 어떻게 그녀가 친구와 이야기를 나누고 어떤 오만한 방식으로 웃으며 옆 사람에게 고개를 돌리는지, 그녀의 손을, 특별히 가냘프지도, 특별히 섬세하지도 않은 소녀의 작은 손을 어떤 방식으로 머리의 뒤로 가져갔을 때, 하얀 망사 소매가 그녀 팔꿈치에서 흘러내렸는지 보았다. 어떻게 그녀가 한 단어에, 하찮은 한 단어에 어떤 방식으로 강세를 주었을 때, 그녀의 목소리에서 따뜻한 울림이 흘러나왔는지 들었다. 그러자 그의 가슴이 환희로 벅차올랐다, 그것은 그가 아직 어려서, 아무것도 몰랐던 소년 시절인 예전에, 한스 한젠을 바라보며 간혹 느꼈던 감정보다 훨씬 더 강렬한 것이었다.

그날 저녁 그는 그녀의 모습을 가슴에 품고 돌아왔다. 굵게 땋아 내린 금발 머리, 웃고 있는 길고 파란 눈, 주근깨가 보이는 부드러운 곡선의 콧마루, 그는 그녀의 목소리에서 들었던 그 울림 때문에 잠을 이룰 수 없었다. 그래서 그 하찮은 단어를 그녀가 발음했던 그 강세 그대로 흉내 내려 조용히 애써보았다. 그러자 그때, 짜릿한 전율을 느꼈다. 경험은 이것이 사랑일 것이라고 가르쳐주었다. 하지만 그는 사랑이 많은 고뇌와 번민, 굴욕을 가져다줄 것을 알고 있었다. 더 나아가 평화를 깨뜨려 온갖 선율로 마음을 가득 채워, 형태만 대충 잡아놓은 데서 침착하게 뭔가를 온전하게 만들어내야 하는 평온을 빼앗아갈 것을 명확히 알고 있었다. 그럼에도 그는 이 사랑을 기쁜 마음으로 받아들였다. 그리고 이 사랑에 온전히 자신을 맡기고, 혼신을 바쳐 이 사랑을 가꾸고자 했다. 왜냐하면 그는 사랑이 마음을 풍요롭고 활기차게 하는 것을 알고 있었고, 침착하게 뭔가를 온전하게 만들어내는 것보다 풍요롭고 활기찬 마음을 갈망했기 때문이었다……

토니오 크뢰거가 명랑한 잉에 홀름에게 결정적으로 마음을 빼앗긴 사건은 가구가 다 치워진 후스테데 영사 부인의 응접실에서 일어났다. 그날 저녁은 부인이 댄스 교습을 마련해 줄 차례였다. 교습은 비공개 과정으로 최상류층의 집안 자제만 참석하였고, 아이들은 그들 부모님 집에 차례로 돌아가며 모여서 춤과 예절에 관한 수업을 받았다. 바로 이 목적을 위해 무용 교사 크나크 씨가 매주 함부르크에서 특별초빙되어 왔다.

프랑수아 크나크가 그의 이름이었다. 그리고 그는 어떤 남자였던가! "여러분께 저를 소개하게 되어 영광입니다" 그가 프랑스어로 말했다. "제 이름은 크나크입니다…… 그런데 이 말은 허리를 굽혀 인사할 때가 아니라, 다시 똑바로 섰을 때 해야 한답니다 ─ 낮은 목소리로, 그럼에도 또박또박. 프랑스어로 자기소개를 해야 하는 상황이 매일 벌어지진 않겠지만, 이 언어로 정확하고 흠집 없이 말할 수 있어야, 비로소 독일어로도 제대로 해낼 수 있답니다." 비단같이 새카만 연미복이 그의 살찐 엉덩이에 바싹 달라붙은 모습이 얼마나 놀라웠던지! 부드럽게 주름 잡힌 바지는 넓은 공단의 나비 리본이 달린 에나멜 구두 위로 흘러내렸고, 그의 갈색 눈은 자신이 너무 잘생겨서 피곤해 죽겠다는 행복에 취해 주위를 두리번거렸다……

누구든 크나크 씨의 자신감이 넘치는 예의범절에 압도되었다. 그는 ─ 마치 그 누구도 자신과 같이 경쾌하게, 파도치듯이 몸을 흔들며, 왕처럼 기품 있게 걸을 수 없다는 듯이 ─ 저택의 안주인에게 다가가 허리 굽혀 인사했다. 그리고 상대가 손을 내밀 때까지 기다렸다. 그녀가 드디어 그의 손을 잡자 그는 낮은 목소리로 감사 인사를 건네고 사뿐히 뒤로 물러서더니, 왼발로 중심을 잡아 몸을 돌린 후에 눌러 내린 오른쪽 발끝을 바닥에서 옆쪽으로 튕겨냈다. 그러고는 허리를 흔들며 미끄러지듯 그곳을 떠나갔다……

모임을 떠날 때는 허리를 굽힌 채 문 쪽으로 뒷걸음질 치며 나가야 해요. 그리고 의자를 가져올 때는 의자 다리 한쪽만 잡거나 바닥에 질질 끌어서는 안 됩니다. 등받이를 잡아서 가볍게 들어 올려 옮긴 다음, 소리 없이 내려놓아야 해요. 서 있을 때 양손을 포개서 배 위에 올려놓거나, 혀로 입술 가장자리를 핥아서는 안 됩니다. 그런데도 그런 짓을 하는 사람이 있다면, 크나크 씨는 그 모습을 똑같이 흉내를 내어, 그 사람이 남은 생애 동안 그 행동에 역겨움을 느끼게 만드는 재주가 있었으니······

이런 것들이 예절 교육이었다. 그러나 춤에 관해서라면, 크나크는 훨씬 더 높은 수준의 기량을 갖추고 있었다. 가구를 치워 널찍해진 응접실에는 샹들리에의 가스 불꽃과 벽난로 위의 촛불이 타고 있었다. 바닥에는 활석 가루가 뿌려져 있었고, 제자들은 말없이 반원을 그려 빙 둘러 서 있었다. 그리고 커튼 저편으로, 응접실과 붙어 있는 옆방에서는 어머니들과 부인들이 벨벳 의자에 앉아 긴 손잡이가 달린 안경으로, 크나크 씨가 허리를 굽힌 채 이렇게 연미복 뒷자락을 두 손가락으로 살짝 붙잡고는 가뿐한 두 다리로 마주르카의 개별적인 부분들을 시연하는지 살펴보았다. 그러다가 그가 자신을 바라보는 관객들을 깜짝 놀라게 해주고 싶다는 생각이 들면, 특별한 이유도 없이 갑자기 바닥에서 뛰어올라 공중에서 어지러울 만큼 빠른 속도로 두 다리를 번갈아 스치고, 동시에 두 다리로 휘리릭 떨면서, 억제되기는 했으나 모임에 있는 모든 것을 진동시킬 만큼 쿵! 하는 소리와 함께 다시 바닥으로 내려왔다······

"이런 이해할 수 없는 원숭이라니!" 토니오 크뢰거는 속으로 생각했다. 하지만 그는 잉에 홀름이, 그 명랑한 잉에가 자주 넋 나간 미소를 지으며 크나크 씨의 움직임을 따라가고 있는 것을 보았다. 사실 그는 단지 잉에 때문에, 이 놀랍도록 완벽한 모든 몸동작에서 경이로움 비슷한 감정을 느꼈던 것은 아니었다. 크나크 씨의 눈이 얼마나 안정되고 흐트러짐이 없어 보였던지! 그의 두 눈은 사물이 복잡해지고 슬퍼지는 곳까지 꿰뚫지 못했고, 오직 갈색이며 아름답다는 것밖에 알지 못했다. 그러나 그 때문에 그의 태도가 그토록 오만했던 것이다! 정말이지, 당신은 어리석어야 크나크 씨처럼 걸을 수 있다. 그러면 사람들에게 사랑받게 되는데, 그런 사람이 사랑스럽기 때문이다. 그는 잉에가, 귀여운 금발의 잉에가 크나크 씨를 우러러보는 이유를 너무나 잘 이해했다. 그렇다면 어떤 소녀가 그를 있는 그대로 우러러본 적이 없었던가?

오 물론, 그런 적이 있었다. 변호사 페어메렌의 딸, 부드러운 입과 크고 검게 빛나며 아주 진지하고 몽상에 가득 찬 눈을 가진 막달레나 페어메렌이 그러했다. 그녀는 춤을 추다 자주 넘어졌는데, 그런 그녀가 여자 쪽에서 파트너를 선택할 차례가 되면, 나에게 다가왔다. 그녀는 내가 시를 쓴다는 것을 알고 있었고, 그 시를 좀 보여달라고 부탁한 적도 두 번이나 있었다. 그녀는 자주 고개를 숙인 채 먼발치에서 나를 바라보기도 했다. 하지만 그게 나와 무슨 상관이란 말인가? 나는, 나는 잉에 홀름을 사랑했고, 내가 시 따위를 쓴다고 분명히 무시했을, 그 금발의 명랑한 잉에를 사랑했…… 그는 잉에를 바라보았다,

행복과 조롱으로 가득 찬 가늘고 파란 그녀의 두 눈을 보았다. 그러곤 질투 섞인 그리움이, 절박하게 솟구치는 고통이, 그녀와 어울리지 못하고 그녀에게서 영원히 낯선 존재라는 생각이, 그의 가슴속에 자리 잡고 불타올랐다……

"첫 번째 커플, 앞으로!" 크나크 씨가 프랑스어로 말했다. 이때 그가 발음한 프랑스어의 비음이 얼마나 멋졌던지, 이루 말로 표현할 수 없었다. 카드리유 연습이 시작되었을 때, 토니오 크뢰거는 자신이 잉에 홀름과 같은 조에 들어 있는 것을 알고 깜짝 놀랐다. 그는 최선을 다해 그녀를 피하면서도 끊임없이 그녀 곁으로 다가갔다. 그녀와 가까워지면 눈을 피했지만, 그래도 그의 시선은 끊임없이 그녀와 마주쳤다…… 드디어 그녀가 빨강 머리 페르디난트 마티센의 손에 이끌려 미끄러지듯 달려와, 땋은 머리를 뒤로 젖히고 심호흡을 하며 그의 맞은편에 섰다. 피아노 연주자 하인첼만 씨가 뼈마디 굵은 손으로 건반을 치기 시작했고, 크나크 씨의 지시에 따라 카드리유가 시작되었다.

그녀가 그의 앞에서 이리저리 움직였다, 앞으로 뒤로 걷기도 하고 빙그르르 도는 동안, 그녀의 머리카락에서인지 그녀가 입은 하얀 옷의 부드러운 천에서인지 향기가 풍겨 나와 종종 그의 마음을 어루만졌다. 그의 눈은 점점 더 슬퍼져갔다. 나는 너를 사랑해, 사랑스럽고 귀여운 잉에! 그는 마음속으로 말하며, 이 말에 그의 온갖 고통을 담아보았다. 그러나 그녀는 아주 유쾌하게 춤추는 데 열중한 나머지, 그의 존재 따위는 안중에도 없었다. 문득 슈토름의 너무나 아름다운 시가 떠올랐다. "나는 잠을 자고 싶은데, 너는 춤을 추어야겠다고 하네" 사랑을 하고 싶은데, 춤을 춰야만 하는 굴욕적인 모순이 그를 괴롭혔다……

"첫 번째 커플, 앞으로!" 크나크 씨가 말했다. 새로운 선회가 시작되었다. "인사! 숙녀들은 선무를! 손을 맞잡고 돌기!" 이렇게 프랑스어로 말할 때 그가 얼마나 우아한 방식으로 '드de'의 묵음 e를 삼켜버렸는지, 아무도 흉내 내지 못했을 것이다.

"두 번째 커플, 앞으로!" 토니오 크뢰거와 그의 파트너 차례였다. "인사!" 토니오 크뢰거는 허리를 굽혀 절을 했다. "숙녀들은 선무를!" 토니오 크뢰거는 고개를 숙이고 눈썹을 찌푸린 채 자신의 한 손을 네 명의 숙녀들 손 위에, 잉에 홀름의 손 위에 얹고 '숙녀들의 춤'을 추었다.

사방에서 킥킥거리며 웃는 소리가 났다. 크나크 씨가 발레에서 경악을 표현할 때 양식화된 포즈를 취했다. "오, 이럴 수가!" 그가 외쳤다. "그만, 그만! 크뢰거 군이 숙녀들 사이에 끼어들었었네요! 물러서세요. 크뢰거 양, 뒤로 물러서세요, 이런, 이런! 모두가 이해했는데, 도련님만 못했다니. 냉큼 물러나세요! 뒤로 나오라니까요!" 그러면서 그는 노란 비단 손수건을 꺼내어 흔들며, 토니오 크뢰거를 제자리로 돌려보냈다.

모두가 웃었다. 소년들, 소녀들, 그리고 커튼 저편에 있던 부인들도 웃었다. 크나크 씨가 이 돌발 사건을 뭔가 아주 우스꽝스러운 장면으로 만들어버렸기 때문이었다. 사람들은 마치 극장에라도 온 것처럼 즐거워했다. 단지 하인첼만 씨만 사무적이고 건조한 표정으로 연주를 계속하라는 신호를 기다리고 있었다. 그가 크나크 씨의 이런 별난 행동에 무감각해져 버렸기 때문이었다.

그러곤 카드리유가 계속되었다. 그다음은 휴식 시간이었다. 하녀가 포도 젤리가 듬뿍 든 유리잔들을 쟁반 위에 받쳐 들고 쨍그랑거리며 들어오고, 그 뒤를 따라 요리사가 자두 케이크 한 판을 통째로 들고 들어왔다. 하지만 토니오 크뢰거는 살며시 자리를 빠져나와 몰래 복도 밖으로 나가 덧문이 내려진 창 앞에 뒷짐을 지고 섰는데, 덧문을 통해서는 아무것도 내다볼 수 없다는 것을, 그래서 그 앞에 서서 바깥을 내다보는 척하는 것이 얼마나 우스꽝스러운지 미처 생각하지 못했다.

그는 회한과 갈망으로 가득한 자신의 내면을 들여다보고 있었다. 나는 왜, 왜 여기에 있을까? 나는 왜 내 방 창가에 앉아 슈토름의 '임멘호'를 읽으며, 가끔 눈을 들어 오래된 호두나무가 묵직하게 삐걱거리는 소리를 내는 저녁 무렵의 정원을 내다보고 있지 않을까? 나의 자리는 그곳이어야 했어. 다른 사람들이 춤을 추건 말건, 생기에 넘쳐서 춤의 명수가 되건 말건, 그대로 내버려두어야 했는데!⋯⋯

아니야, 아니야, 그래도 내 자리는 여기였어. 잉에가 가까이 있는 것을 내가 알게 되었잖아. 비록 여기서도 단지 홀로 먼발치에 서서, 너의 목소리를, 따뜻하고 삶의 울림이 있는 네 목소리를, 저기 안쪽에서 들려오는 웅얼거리는 소리, 쨍그랑거리는 소리, 웃음소리에서 구별해 내려 애쓰고 있지만. 길고 가늘게 웃고 있는 너의 파란 눈, 너 금발의 잉에! 너처럼 그토록 아름답고 명랑하려면, '임멘호'를 읽거나 그와 같은 작품을 쓰려해서는 절대 안 돼. 그건 슬픈 일이야!⋯⋯

그녀가 와야 하는데! 그녀는 내가 자리를 떠났다는 걸 알아차리고, 내 기분이 어떨지 느껴야 하는데, 그래서 내 뒤를 몰래 쫓아와 그저 연민이라도 좋으니 내 어깨에 손을 얹고 말해주어야 하는데. 우리 있는 곳으로 들어와, 기분을 풀어, 나는 너를 사랑해. 그는 등 뒤에서 들리는 소리에 귀 기울이며 그녀가 올지도 모른다는 어리석은 생각에 잔뜩 긴장한 채 기다렸다. 그러나 결코, 그녀는 오지 않았다. 그런 일은 이 세상에선 일어나지 않았다.

그녀도 다른 사람들처럼 나를 비웃었을까? 그랬다. 그녀도 나를 비웃었다. 그녀를 위해, 또 나 자신을 위해 부정하고 싶지만, 그녀도 나를 비웃었다. 그렇지만 나는 그녀와 가까이 있다는 생각에 빠져서 '숙녀들의 선무'를 함께 추었을 뿐인데. 그게 그토록 큰 잘못이었나? 어쨌든 비웃음도 언젠가는 멈추겠지! 최근 한 잡지사에서 나의 시 한 편을 실어주겠다 하지 않았나? 그곳은 나의 시가 출간될 수 있기도 전에 다시 폐간되어 버렸지만. 난 유명해져서, 내 모든 작품이 인쇄되는 날이 올 거야. 그리고 그때도 잉에 홀름이 감동하지 않을지 두고 볼 거야⋯⋯ 아니야, *아무런* 감동도 주지 못할 거야. 분명 그럴 거야. 항상 넘어지는 막달레나 페어메렌이라면 모를까. 그래, 그녀라면 모를까. 하지만 잉에 홀름는 절대로, 파란 눈의 명랑한 잉에는 절대로 아닐 거야. 그렇다면 이것도 다 헛된 일이 아닐까?⋯⋯

토니오 크뢰거의 가슴은 이런 생각에 찢어질 듯이 아팠다. 유희적이고 우울하기도 한 경이로운 힘이 그의 마음속에 꿈틀거림을 느끼는 것, 그리고 그때 그가 간절히 원하는 사람은 그 힘이 전혀 닿지 않는 명랑한 곳에 마주 서 있음을 아는 것, 가슴이 몹시 아파왔다. 그러나 그가 비록 외롭고 소외당하고 희망도 없이, 닫힌 덧문 앞에서 상심한 나머지 마치 그 안을 들여다볼 수 있는 척하고 있지만, 그럼에도 그는 행복했다. 그 당시 그의 심장이 살아 있었기 때문이었다. 그의 심장은, 잉에보르크 흘름, 그대를 위해 따뜻하고 슬프게 뛰고 있었다. 그의 영혼은 행복한 자기 부정 속에서 가볍고 오만한 금발 소녀의 평범하고 어린 인격을 감싸 안고 있었다.

여러 번 그는 상기된 얼굴로 음악, 꽃향기, 유리잔이 쨍그랑거리는 소리가 그저 나지막이 스며든 쓸쓸한 장소에 서 있었다. 그리고 멀리서 들려오는 그녀의 낭랑한 목소리를 그 무도회의 소음들 속에서 구별해 보려 애썼다. 그는 고통스럽게 그녀를 맴돌고 있었다. 그럼에도 그는 행복했다. 여러 번 그의 마음을 아프게 했던 것은, 항상 넘어졌던 막달레나 페어메렌과는 대화를 할 수 있어 그녀의 이해를 받으며 함께 웃고 진지해지기도 했으나, 금발 머리 잉에는 똑같이 그의 곁에 있어도, 멀고 낯설고 딴 사람처럼 느껴졌던 일이었다. 그의 언어가 그녀의 언어가 아니기 때문이었다. 그럼에도 그는 행복했다. 행복이란 사랑받는 것이 아니며, 그런 사랑은 허영이나 채우려는 역겨움이 뒤엉킨 만족이라 스스로 말해왔기 때문이었다. 행복이란 사랑하는 것이며, 어쩌면 사랑하는 상대에게 살짝 다가가는 조그만 기회라도 포착하는 것일지도 모른다. 그는 이런 생각을 마음속에 새겨두고, 철저하게 생각해 보고, 뼛속 깊이까지 느껴보았다.

변함없는 마음! 토니오 크뢰거는 생각했다. 난 변하지 않을 거야. 잉에보르크, 내가 살아 있는 한, 너를 사랑할 거야! 그는 그렇게도 순진했다. 그런데 그의 내면에서 두려움과 슬픔의 목소리가 조용히 속삭였다. 너도 한스 한젠을 매일 만나면서 그를 완전히 잊어버렸잖아. 이 그윽하고 약간 심술궂은 목소리가 내내 옳았다는 것이 불쾌하고 딱한 노릇이었다. 그러나 시간이 흘러 그날이 오자, 토니오 크뢰거는 더 이상 그 옛날처럼 명랑한 잉에를 위해 무조건 죽겠다는 각오를 하지 않았다. 그는 마음속에서 자기 방식대로, 이 세상에서 주목받을 만한 많은 일을 해낼 것이라는 의욕과 힘을 느꼈기 때문이었다.

그래서 그는 자신의 순수하고 정결한 사랑의 불꽃이 사라져가는 희생의 제단 주위를 조심스럽게 빙빙 돌다가 그 앞에 무릎을 꿇었다. 그리고 변함없는 마음이기 바랐기 때문에 온갖 방법을 써서 그 불꽃을 돋우어 불씨를 살려내려고 했다. 그러나 불꽃은 얼마 가지 않아, 모르는 사이에, 소동이나 소리 없이 스르르 꺼져버렸다.

토니오 크뢰거는 식어버린 제단 앞에 한참을 서서, 변치 않는 마음이란 이 세상에서 불가능하다는 데 경악과 실망을 금치 못했다. 그런 다음 그는 어깨를 으쓱하고, 그의 길을 갔다.

3

자신이 가야 하는 길을 그는 혼자서 휘파람을 불며 갔다. 고개를 비스듬히 기울인 채 먼 곳을 바라보며 조금은 무심하게 발길 닿는 대로 걸어갔다. 그런데도 그가 잘못된 길을 갔다면, 몇몇 사람에게는 바른길이란 아예 존재하지 않기 때문일 것이다. 사람들이 그에게 도대체 뭐가 될 생각이냐 물으면, 그는 매번 다른 대답을 했다. 마음속으로는 수천 가지 형태의 존재 가능성을 품고 있지만, 그것이 전적으로 불가능한 것일지 모른다는 의식 또한 남몰래 품고 있다고 말했기 때문이었다 (그리고 그것을 이미 글로도 적어두었다)……

그가 비좁은 고향 도시를 떠나기 훨씬 전에, 그를 묶어두었던 고리와 끈은 슬며시 풀어져 있었다. 유서 깊은 크뢰거 가문은 차츰차츰 붕괴하여 와해 상태로 빠져들었다. 그리고 사람들이 토니오 크뢰거의 존재와 본성 자체가 이런 상태의 징조라고 생각하는 데에는 근거가 있었다. 집안의 큰 어른이셨던 친할머니가 돌아가시고, 얼마 지나지 않아 그의 아버지, 세심한 옷차림에 들꽃 한 송이를 단춧구멍에 꽂고 생각에 잠겨 있던 키 큰 그 신사도 그녀의 뒤를 따라갔다. 크뢰거 집안의 저택은 유구한 역사와 더불어 매물로 나왔고, 상회의 등록은 말소되었다. 하지만 토니오의 어머니, 피아노와 만돌린을 기가 막히게 연주하고 이 모든 것에 전혀 관심이 없었던 아름답고 정열적인 그의 어머니는 1년이라는 기간이 지나고, 곧바로 재혼했다. 상대는 음악가로, 이탈리아식 이름을 가진 연주가였는데, 그녀는 그를 따라 푸르고 먼 나라로 가버렸다. 토니오 크뢰거는 그런 어머니가 다소 경박하다고 생각했다. 그렇다고 *그가* 그것을 막을 자격이 있었던가? 시나 쓰며, 도대체 뭐가 될 생각이냐는 물음에 대답조차 할 수 없었으면서……

그래서 그는 축축한 바람이 합각지붕을 윙윙거리며 돌던, 그 구불구불한 고향 도시를 떠났다. 어릴 적 친구였던 정원의 분수대, 오래된 호두나무를 떠났고, 그토록 사랑하던 바다를 떠났다. 그러면서 어떤 아픔도 느껴지지 않았다. 어느덧 나이 들어 현명해져서 그가 처한 상황을 잘 이해했고, 그토록 오랫동안 그를 묶어두었던 따분하고 서민적인 존재 방식을 잔뜩 조롱해 왔기 때문이었다.

그는 지상에서 가장 숭고해 보이는 힘, 그것에 봉사하는 것이 자신의 소명이라 느꼈고 그에게 품위와 명예를 약속했던 그

힘, 무의식적이고 말 없는 삶 위에 미소 지으며 군림했던 그 정신과 언어의 힘에 완전히 몰두했다. 그야말로 젊음의 열정을 다 바쳐 그 힘에 몰두했다. 그러자 그것은 그에게 줄 수 있는 모든 것을 주었다. 그리고 그 대가로 그에게서 빼앗아갈 수 있는 모든 것도 가차 없이 빼앗아갔다.

그 힘은 그의 시선을 날카롭게 했다. 그것은 사람들의 가슴을 부풀게 하는 위대한 단어들의 실체를 보게 하였다. 사람들의 영혼과 자신의 영혼을 열어서 그를 예언자로 만들어, 세상의 심장부를, 말과 행동 뒤에 숨어 있는 가장 첫 번째 원인을 보게 해주었다. 그러나 그가 본 것은 이것이었다. 우스꽝스러움과 비참함, 그랬다 — 우스꽝스러움과 비참함이었다.

그러자 인식의 고통, 인식의 오만과 함께 고독이 찾아왔다. 그는 마냥 들떠 감각이 둔한, 악의 없는 사람들과 만나는 것이 힘들었고, 사람들은 그의 이마에 새겨진 징표가 불편했기 때문이었다. 하지만 언어와 형식이 주는 쾌락 또한 감미로운 맛을 더해갔다. 사실 그는 표현의 즐거움이 우리를 깨어 있게 하고 활기차게 만들지 못한다면, 영혼을 안다는 것만으로 틀림없이 우울해질 것이라고 말했기 때문이었다 (그리고 그것을 이미 글로도 적어두었다)……

그는 여러 대도시에서, 그중에서도 태양이 그의 예술을 한층 풍요롭게 성숙시켜 줄 것이라 기대했던 남쪽에서 살았다. 아마도 그를 그리로 이끌었던 것은 어머니의 피였을 것이다. 하지만 그의 심장이 죽어 있고 사랑이 없었기 때문에, 그는 육체의 환락 속에 빠져 성적 쾌락과 뜨거운 죄악의 구렁텅이 속으로 깊이 굴러떨어져, 이루 말할 수 없는 고통을 겪었다. 아마도 그를 그곳에서 그토록 괴롭혔던 것은 섬세한 옷차림에 단춧구멍에는 들꽃 한 송이를 꽂고 늘 생각에 잠겨 있던 키 큰 신사, 아버지의 유산이었을 것이다. 그의 마음속에선 간혹, 한때는 자신의 것이었으나 이제는 그 어떤 쾌락에서도 다시 찾지 못할 영혼의 즐거움, 그 아련하고 그리운 추억이 꿈틀거렸다.

관능을 향한 역겨움과 증오, 그리고 정결, 예의, 평화에 대한 갈증이 그를 사로잡는 동안에도, 그는 여전히 예술의 공기를 들이마셨다. 비밀스러운 생식의 환희 속에서 싹이 돋고 빚어지고 마침내 싹을 틔우는, 우리의 봄이 잊지 않고 뿜어내는 그 미적지근하고 달짝지근한 향기가 배어 있는, 그런 공기를 들이마셨다. 그 결과 그는 극심한 양극단 사이에서, 차가운 지성과 소모적인 관능 사이에서 멈추지 못하고 오락가락하면서, 양심의 가책을 느끼며 기진맥진한 삶을 살았다. 그 삶은 말할 나위 없이 방탕하고 비정상적이었다. 그리고 그 남자, 토니오 크뢰거는 그런 삶을 전적으로 혐오했다. 이건 잘못된 길이잖아! 그는 때때로 생각했다. 나는 어쩌다 이런 극심한 환락 속에 빠져들 수밖에 없었을까? 나는 결코 초록 마차를 타고 다니는 집시가 아닌데, 그런 가문 출신이 아닌데……

그러나 건강이 나빠질수록 그의 예술가적 재능은 날카로워졌다. 까다롭고 뛰어나고 귀하고 섬세해졌다. 평범한 것에 예민하게 반응하며, 분별과 취향의 문제에도 극도로 민감해졌다. 처음에 그가 등단했을 때, 관계자들 사이에서는 박수갈채와 떠들썩한 환호성이 터져 나왔다. 그가 내놓은 작품이 공들여 다듬어진 데다, 유머로 가득 찼고, 아픔이 무엇인지를 알고 있었기 때문이었다. 순식간에 그의 이름은 — 한때 선생님들이 꾸짖으며 불렀던 바로 그 이름, 그가 호두나무, 분수대, 바다에 바친 그의 첫 번째 시에 서명했던 바로 그 이름이, 남쪽과 북쪽의 소리가 조합된 그 이름, 이국적인 색채를 띤 그 시민적인 이름이 — 탁월한 것을 가리키는 대명사가 되었다. 그의 작품이 비범했던 이유는, 자신의 경험을 겪어내는 괴로울 정도의 철저함에, 끈질기게 참고 견디며 명예를 추구하는 희귀할 정도의 부지런함이 한데 어우러져 있고, 그 부지런함은 다시 까다롭고 예민한 그의 취향과 격렬하게 싸워, 극심한 고통 끝에서 만들어졌기 때문이었다.

그는 살기 위해 일하는 사람처럼 일하지 않았다. 일밖에는 아무엇도 원하는 것이 없는 사람처럼 일했다. 생활인으로서 자신은 아무것도 아니라고 생각하고, 창작자로서만 주목받기를 원했기 때문이었다. 그 외에는, 분장을 지우고 연기하지 않는 배우가 아무런 존재감 없듯, 그림자처럼 눈에 띄지 않게 돌아다녔다. 그는 말없이 격리되어 보이지 않게 일했으며, 예술적 재능을 사교적인 장신구쯤으로 여기는 소인배들을 한없이 경멸했다. 그들은 가난하든 부유하든, 거칠고 해진 옷차림으로 돌아다니든 맞춤 제작한 나비넥타이를 매고 사치를 일삼든, 행복하고 사랑받고 예술가풍으로 사는 것이 최고라고 여겼을 뿐이었다. 그리하여 좋은 작품은 오롯이 역경을 견디는 삶의 압박 속에서 탄생한다는 것을, 생활인은 창작하지 못한다는 것을, 진정한 창작자가 되려면 죽어야 한다는 것을 몰랐다.

4

"방해되나요?" 토니오 크뢰거가 아틀리에의 문턱에 서서 물었다. 리자베타 이바노브나가 모든 것을 터놓고 말하는 여자친구인데도, 그는 모자를 벗어 손에 들고 심지어 약간 허리 굽혀 인사했다.

"아, 왜 그러세요, 토니오 크뢰거, 격식 차리지 말고 들어와요!" 그녀는 통통 튀는 듯한 억양으로 대답했다. "당신이 훌륭한 가정교육을 받았고 예의 바르다는 건, 잘 알고 있어요" 그녀는 붓을 왼손에 들고 있던 팔레트에 꽂고, 오른손을 내밀었다. 그리고 웃으며 머리를 가로젓고는 그의 얼굴을 바라봤다.

"음, 하지만 당신, 작업 중이잖아요" 그가 말했다. "어디 좀 봅시다…… 오, 그동안 진척이 있었네요" 그는 이젤 양옆에 놓인 의자 위에 기대놓은 다채로운 스케치, 그리고 사각 모눈이 그려진 커다란 캔버스를 번갈아 바라보았다. 그 위로 보이는 형체를 알 수 없는 어지러운 목탄화 밑그림에서는, 이제 막 물감자국이 나타나기 시작했다.

그곳은 뮌헨의 셸링가 뒷골목에 있었다. 나무계단 여러 개를 올라가야 했는데, 북쪽으로 난 커다란 창문 밖에서는 파란 하늘, 새들 지저귀는 소리, 햇빛이 한창이었다. 하늘을 향해 열려 있는 통풍창으로는 신선하고 감미로운 봄의 입김이 쏟아져들어와, 널따란 작업실을 가득 메운 접착제와 유화물감 냄새와 뒤섞였다. 밝은 오후의 황금빛이 아무런 방해도 받지 않고 아틀리에의 넓은 공간으로 넘칠 듯이 밀려 들어왔다. 조금은 망가진 마룻바닥, 여러 개의 작은 병과 튜브, 붓으로 뒤덮인 창문 아래의 허름한 탁자, 도배하지 않은 벽면에 액자 없이 걸어둔 습작들을 숨김없이 비추었고, 출입문 근처에 작고 세련된 가구들로 꾸며진 거실에서 휴식 공간을 구분해 주는 찢어진 비단 병풍을 비추었고, 이젤 위에서 완성되어 가는 작품들, 그 앞에 서 있는 화가와 소설가도 비추었다.

그녀는 대충 그와 비슷한 나이로 서른이 좀 넘어 보였다. 물감으로 얼룩진 감청색 앞치마를 두르고 낮은 의자에 앉아 한 손으로 턱을 괴고 있었다. 벌써 양옆이 조금씩 세기 시작한 갈색 머리는 단단히 묶었으나 가르마에서 물결치듯 부드럽게 흘러내려 관자놀이를 덮고 있었고, 무한한 호감을 주는 슬라브족의 갈색 피부, 낮고 도톰한 코, 날카롭게 튀어나온 광대뼈, 작고 검게 빛나는 눈을 가진 얼굴을 에워싸고 있었다. 그녀는 긴장되고 미심쩍은 듯 신경이 날카로워져, 가느다랗고 찌푸린 곁눈으로 자신의 작품을 유심히 바라보았다.

그는 그녀 곁에 서 있었다. 오른손으로 허리를 받치고 왼손으로 갈색 콧수염을 빠르게 비비 꼬았다. 평소처럼 홀로 나지막이 휘파람을 불고 있을 땐, 비스듬히 기울어진 눈썹이 긴장하여 험상궂게 움직이기도 했다. 신중히 재단된 점잖은 회색 양복의 옷차림새는 세심한 주의를 기울였는지 무척 단정했고, 지극히 단순하게 한가운데로 가르마를 탄 짙은 갈색 머리 아래의 주름진 이마에는 잠시 신경질적인 경련이 스쳤다. 그의 남국풍 얼굴 윤곽은 단단한 강필로 모사해서 그린 선을 따라 뚜

렷이 새긴 것처럼 날카로웠다. 하지만 입술 윤곽은 무척 온화했고 턱선도 무척 부드러워 보였다…… 잠시 뒤 그는 한 손으로 이마와 눈을 쓰다듬고 뒤돌아섰다.

"오지 말걸 그랬나 봐요." 그가 말했다.

"왜 그런 말을 하세요, 토니오 크뢰거?"

"방금까지 작업하다 왔는데, 리자베타, 내 머릿속에 있는 것이 이 화폭 위의 것과 똑같아요. 뼈대만 있고, 여러 번 고쳐서 더러워지고 흐릿해진 밑그림 위에 몇 군데 색칠한 흔적들, 놀랍네요. 지금 막 여기에 왔는데, 똑같은 것을 보고 있어요. 그 갈등과 모순을 여기에서 또다시 발견하다니" 그는 이렇게 말하고, 코를 허공에 대고 킁킁거렸다. "집에서도 나를 괴롭혔던 거였는데. 참 이상하죠, 사람들은 한 가지 생각에 사로잡히면, 어디를 가나 그것이 표현된 것을 발견한다니까요. 심지어 바람 속에서도 그것의 *냄새를 맡아요*. 접착제 냄새와 봄의 향내, 그렇지 않나요? 예술과 그리고 — 음, 예술과 반대되는 게 뭐죠? '자연'이라고 말하지는 마세요, 리자베타, '자연'은 고갈되지 않으니까요. 아, 아니에요, 차라리 산책할걸 그랬나 봐요. 그렇다고 기분이 나아졌을진 모르겠지만. 5분 전, 여기서 멀지 않은 곳에서 아달베르트라는 소설가 동료를 만났어요. '이 빌어먹을 놈의 봄!' 그가 공격적인 어투로 말했죠. '봄은 가장 잔인한 계절이고, 언제나 그럴 겁니다! 무언가 점잖지 못한 것이 핏속에서 꿈틀거리고, 당치도 않은 욕정이 요동쳐 불안케 하고, 그 감정들은 검증이 끝나자마자 너무나 평범해 아무짝에도 쓸모없는 것으로 정체가 드러나니, 그런데도 크뢰거 씨, 당신은 제대로 된 생각을 할 수 있나요? 당신은 침착하게 아주 작은 핵심을 포착해 감동적인 효과를 만들어낼 수 있나요? 저로 말하자면, 그래서 지금 카페로 갑니다. 당신도 알잖아요, 카페는 중립이어서, 계절의 변화와 무관한 영역인 것을. 말하자면 카페는 숭고하고 황홀한 문학적 공간이어서, 그곳에서 사람들은 좀 더 품위 있는 생각을 할 수 있다는 것을……' 그리고 그는 카페로 가버렸답니다. 나도 같이 갈걸 그랬나 봐요."

리자베타는 즐기는 것 같았다.

"재미있네요. 토니오 크뢰거. '점잖지 못한 꿈틀거림'이라, 재미있어요. 하긴 그분 말씀이 어느 정도 맞아요. 봄이 사실 작업하기에 특별히 적합한 계절은 아니죠. 하지만 잠깐만요. 아무리 그렇더라도 난 지금 여기에 있는 작은 작업을, 아델베르트라면 작은 핵심과 효과라고 했을, 이 작업을 마무리해야겠어요. 그런 다음 우리 '응접실'로 가서 차를 마십시다. 그리고 시원하게 말해버리세요. 당신, 오늘 뭔가 작정하고 온 것이 훤히 들여다보이거든요. 그때까지 어디 좀 앉아 계시면, 예컨대 저기, 저 궤짝 위는 어떠세요, 당신 귀족풍 양복이 걱정되지 않는다면……"

"아, 리자베타 이바노브나, 옷 같은 건 신경 쓰지 말아요! 내가 찢어진 벨벳 재킷이나 빨간 비단 조끼를 입고 돌아다니길 바라나요? 우리 예술가들이란 마음속으로 하는 모험만으로도 늘 충분하잖아요. 그러니 겉으로나마 옷을 잘 차려입고, 맹세컨대 예의 바른 사람처럼 행동해야 한답니다…… 아니요, 작정하고 온 건 아니에요" 그는 이렇게 말하고 팔레트 위에 물감을 섞고 있는 그녀 모습을 바라보았다. "당신도 듣고 있죠. 내 머릿속에서 뱅뱅 맴돌며 내 작업을 방해하는 문제와 갈등은 단 하나라는 것을…… 그런데, 방금 무슨 얘길 했었죠? 아, 아달베르트, 그 소설가에 대해, 그래요. 그가 얼마나 자부심이 강하고 확신에 찬 친구인지, '봄은 가장 잔인한 계절입니다' 하고 카페로 가버렸답니다. 왜냐하면 당신이 무엇을 원하는지, 당신만이 알고 있으니까요. 그렇지 않나요? 보세요, 나 역시 봄이 되면 신경이 예민해져서, 봄이 일깨우는, 감미롭지만 하찮은 추억과 감정들 때문에 혼란에 빠진답니다. 다만, 저는 봄을 욕하거나 경멸하지 못할 뿐이죠. 진실을 말하자면, 저는 봄 앞에서 부끄럽습니다. 봄의 순수한 자연스러움과 활력 넘치는 젊음 앞에서 부끄럽습니다. 그래서 이런 것에 대해 전혀 알지 못하는 아달베르트를 부러워해야 할지, 경멸해야 할지, 모르겠네요……

봄에는 작업하기 어렵습니다. 그건 확실해요. 그런데 왜 그럴까요? 우리가 느끼기 때문입니다. 그리고 창작하는 사람은 느껴야 한다고 믿는 풋내기들 때문입니다. 진실하고 올바른 예술가라면, 이런 철부지들의 오류에, 그 순진함에 미소 짓습니다 — 어쩌면 슬프게, 하지만 미소 짓습니다. 왜냐하면 말로 했다고 해서, 그것이 곧바로 핵심이 되는 건 아니고, 그것 자체로는 그저 차별화되지 않은 재료일 뿐, 거기에서 예술 작품이 나오려면 놀이를 하듯 침착하고 탁월한 솜씨로 짜 맞추어야 하기 때문이죠. 만약 당신이 말해야 하는 것이 지나치게 소중하여, 그로 인해 당신 심장이 지나치게 뜨겁게 뛰고 있다면, 당신은 완패할 것이라 확신할 수 있습니다. 당신은 격정적이 되고, 당신은 감상적이 되어, 당신 손에서는 서투른 것, 어설프게 진지한 것, 무절제한 것, 반어적이지 못한 것, 양념이 들어가지 않은 것, 지루한 것, 진부한 것밖에는 나올 것이 없을 테니까요. 그렇게 되면 사람들은 무관심밖에는 아무것도, 당신 자신은 실망과 비탄밖에는 아무것도 없이 끝납니다…… 그게 원래 그래요, 리자베타. — 그 감정, 따뜻하고 진심 어린 감정은 언제나 평범하여 쓸모가 없고, 예술적인 것은 단지 우리의 망가진 신경계, 우리의 기교적인 신경계에서 나온 지극히 예민하고 차디찬 황홀경입니다. 예술가들은 어떤 식으로든 초인적이고 비인간적인 존재가 되어, 인간적인 것과는 지나치다 싶을 정도로 멀고 냉담한 관계를 유지할 필요가 있어요. 그래야 인간적인 것을 가지고 놀고, 그것과 함께 놀며, 그것을 효과적이고 품위 있게 표현할 수 있고, 적어도 그렇게 하려고 애를 쓰게 되죠. — 양식과 형식, 표현을 위한 재능은 이미 인간적인 것과는 상당히 차갑고 까다로운 관계를 전제로 합니다, 정말이지, 그 어떤 인간적인 메마름과 황폐함을 전제로 합니다. 어쨌든 건강하고 강한 감정에 취향이 없다는 것에는 의심의 여지가 없어요. 예술가가 인간이 되어 뭔가를 느끼기 시작하는 순간, 그는 예술가로는 끝장입니다. 아달베르트는 그걸 알았던 거예요. 그래서 카페로, 그런 '동떨어진 공간'으로 가버린 거랍니다. 네, 그랬던 거랍니다!"

"당신도 참, 그분은 그분 하고 싶은 대로 놔두세요" 리자베타는 이렇게 말하고, 양철 대야에서 손을 씻었다. "당신이 그분을 따라 할 필요는 없잖아요."

"그럼요, 리자베타, 나는 그를 따라 하지 않아요. 이유는 단 한 가지, 나는 때때로 봄 앞에서 예술가 기질을 좀 부끄러워할 줄 알기 때문입니다. 당신도 알죠, 내가 종종 낯선 사람들에게서 편지를 받는 거. 그건 독자들이 쓴 칭찬과 감사의 글이거나 감동한 사람들이 쓴 찬사의 글인데요. 그런 글을 읽을 때면 나는 내 예술이 그들에게 불러일으킨 서투르지만 따뜻하고 인간적인 감정에 나도 모르게 가슴이 뭉클해진답니다. 하지만 글의 행간에서 드러나는 열광에 찬 순진함에 일종의 연민을 느끼기도 해요. 이 정직한 사람이 어쩌다 무대 뒤를 들여다본다면, 이 죄 없는 사람이 어쩌다 올바르고 건전하고 착실한 사람은 결코 글을 쓰거나 연기를 하거나 작곡하지 않는다는 것을 파악하게 된다면, 얼마나 깜짝 놀라 미몽에서 깨어날까 하는 생각에 얼굴이 화끈해지기도 한답니다…… 물론 나는 이 모든 것에 방해받지 않고, 그 찬사를 나의 천재성을 강화하고 자극하는 데 사용합니다. 때로는 그들의 찬사를 대단히 진지하게 받아들여서 마치 위대한 인간 행세를 하는 원숭이 같은 표정을 짓기도 하죠…… 아, 리자베타, 내 말을 가로막지는 말아주세요. 지금 나는 인간적인 것을 나누지 못하면서, 인간적인 것을 표현하느라 가끔은 죽을 만큼 피곤하다는 것을 당신에게 말하는 중이에요. 예술가가 도대체 남자이긴 한 걸까요? 그런 문제는 '여자'에게 물어봐야겠네요! 내가 보기에 우리 예술가들의 운명이란 교황청에서 노래 부르는 거세된 성가대원과 어느 정도 닮아 있는 것 같아요…… 우리는 아주 감동적으로 아름답게 노래합니다. 하지만 — "

"당신 좀 부끄러워할 줄 아셔야 해요, 토니오 크뢰거. 이제 차

마시러 갑시다. 물이 곧 끓을 거예요. 저기 파피로스도 있으니 피우세요. 당신, 소년 소프라노가 노래하는 데까지 이야기하다 멈췄네요. 그러니 거기서부터 계속해 보세요. 하지만 당신, 부끄러워할 줄 아셔야 해요. 내가 모를 것 같아요, 당신이 어떤 자부심과 열정으로 당신 직업에 몰두하는지……"

"'직업'이라 말하지 마세요, 리자베타 이바노브나. 문학은 절대 직업이 아닙니다. 저주입니다 — 당신, 이제 분명히 아셨죠. 언제부터 이것이 느껴지기 시작할까요? 이 저주 말이에요. 일찍이, 끔찍하게 일찍이. 아직 신과 세상과 더불어 평화롭고 조화롭게 살아야 하는 그런 시기서부터지요. 당신은 이마에 찍힌 징표를 느끼기 시작하고, 다른 사람들, 평범하고 정상적인 사람들과는 이유를 알 수 없는 대립을 느끼기 시작합니다. 당신과 사람들 사이를 갈라놓는 반어, 불신, 반항, 인식, 감정의 골은 점점 더 깊어져, 당신은 외로워지고, 그때부터 더는 사람들과 말이 통하지 않게 돼요. 이 무슨 운명이란 말입니까! 특히 이 운명을 끔찍하다고 느낄 만큼, 가슴이 활기에 넘치고 *사랑으로 가득 차 있다면* 말이죠!…… 수많은 사람 속에서 당신은 이마에 새겨진 징표를 감지하며, 그리고 그것을 모르는 사람이 없다고 느끼기 때문에 당신의 자의식은 불타오릅니다. 천재적인 배우를 만난 적이 있었는데요, 인간으로서 그는 병적으로 소심한 데다 늘 불안과 싸워야 했답니다. 완벽한 예술가이지만 불쌍한 인간이 되어버린 그를 그렇게 만든 건 연기 활동을 이어갈 출연 요청이 없어서, 그의 자의식이 극도로 예민해졌기 때문이었어요…… 예술가를, 진정한 예술가를, 예술이 시민적 직업이 아니라 운명적으로 결정되어 저주받은 예술가를 군중 속에서 알아보는 데에, 그리 예리한 시선이 필요한 건 아니랍니다. 고립되어 소속이 없는 느낌, 사람들 눈에 띄어 관찰당하는 느낌, 동시에 뭔가 의연하려고 애쓰지만 당황스러워하는 느낌이 그의 얼굴에 나타납니다. 사람들은 그와 비슷한 경우를 평범한 복장을 하고 군중 사이를 걸어가는 군주의 표정에서 볼 수 있을 거예요. 리자베타! 그때 평범한 복장이 무슨 도움이 되겠어요, 변장해 보라지요, 가면을 써보라지요, 외교관 수행원이나 휴가 중인 근위대 중위 같은 옷차림을 해도, 아무 소용 없어요. 당신이 눈을 뜨자마자, 말 한마디를 하자마자, 당신은 보통 사람이 아니라, 그 무언가 낯설고, 이상하고, 별난 존재라는 것을 모두가 알게 될 테니까요……

그렇다면 예술가란 무엇일까요? 이 질문 앞에서보다 인류의 게으름과 인식의 타성을 더 끈질기게 증명했던 적은 없었던 것 같아요. '그런 건 재능이죠'라고 예술가에게 영향 받는 착한 사람들은 겸허히 말합니다. 그들의 선의 넘치는 의견에 따르면, 그렇게 밝고 숭고한 영향을 끼치려면, 그 원천인 예술가도 무조건 밝고 숭고해야 한다는 것입니다. 그래서 어쩌면 지극히 험악한 조건에서 생겨난, 지극히 수상쩍은 '재능'이 여기에서 문제가 되고 있다는 것을 아무도 의심하지 않아요…… 예술가가 쉽게 상처받는다는 것은 누구나 압니다 ― 그렇지만 그런 일이 양심적이고 건강한 자의식을 가진 사람들에게는 잘 일어나지 않는다는 것도 누구나 압니다…… 당신도 알잖아요, 리자베타. 내 영혼 밑바닥에서는 ― 지적으로 표현할게요 ― 예술가라는 유형에 대해 전적으로 *의혹*을 품고 있다는 것을. 그건 북쪽 작은 도시에 살았던 명예로운 우리 조상들 누구라도 집으로 찾아왔을, 잘 모르는 마술사나 모험을 일삼는 곡예사에게 품었을 *의혹*이에요. 이런 이야기를 좀 들어봐요. 제가 은행가 한 분을 아는데, 그 백발의 사업가에게는 소설 쓰는 재능이 있어요. 그는 여유 있을 때마다 이 재능을 발휘하여, 간혹 꽤 우수한 작품을 발표했죠. 그런데 이 숭고한 자질에도 불구하고 ― '불구하고'라고 말할게요 ― 그 남자의 품행이 온전히 올바른 건 아니랍니다. 그 반대로 그는 무거운 금고형을 치른 적이 있고, 그것도 확실한 증거가 드러났기 때문이었어요. 그런데 교도소에서, 자기 재능을 깨닫게 되는 일이 정말 실제로 일어났고, 그가 죄수로 산 경험은 모든 작품의 기본 주제가 되었답니다. 이쯤 되면 누군가는 작가가 되려면 감옥살이 같은 데 정통할 필요가 있는 건 아니야, 하는 대담한 추론도 가능하겠네요. 하지만 그의 예술가적인 뿌리와 원천이 그의 감옥살이 체험에서 비롯되었다기보다 *그를 교도소로 가게 만든 그 무엇,*

그 어떤 기질과 내적으로 좀 더 얽혀 있을지 모른다는 의혹이 끈질기게 솟구치진 않나요? ─ 소설을 쓰는 은행가, 그건 드문 일이죠, 그렇지 않나요? 하지만 범죄를 저지른 적도 없고 흠결도 없는 착실한 은행가가 소설을 쓴다 ─ *그런 일은 없습니다* …… 맞잖아요, 당신 이제야 웃는군요. 그렇지만 절반 정도는 진실입니다. 어떤 문제도, 세상의 어떤 문제도, 예술가와 그가 인류에 미치는 영향을 다루는 문제보다 더 까다롭진 않을 거예요. 진짜 그래요. 가장 전형적이고, 그 때문에 가장 막강한 예술가가 쓴 가장 경이로운 작품 하나를 선택해 봅시다. 가히 병적이고 심히 외설적인 작품 '트리스탄과 이졸데'를 선택하여, 이 작품이 젊고 건강하고 지극히 평범한 감성을 지닌 젊은이에게 어떤 영향을 미치는지 자세히 살펴봅시다. 아마 당신은 정신이 고양되고 용기가 넘치고 따뜻해지고 진정한 열정에 사로잡혀서, 자신도 '예술적인' 창작을 해보고 싶다는 젊은이를 보게 될 겁니다…… 선량한 딜레탕트! 우리 예술가들의 속사정은, *그가 '따뜻한 가슴'과 '정직한 열정'으로 꿈꾸는 것과는* 근본적으로 다르게 보일 텐데요. 열광적으로 환호하는 여인들과 젊은이들에 둘러싸여 있는 예술가들을 볼 때가 있는데, *저야 그들의 진짜 모습을 알고 있죠*…… 예술가 기질의 유래, 그와 함께 나타나는 현상, 조건들에 대해 사람들은 끊임없이 가장 특이한 경험을 하고 있네요……"

"다른 예술가들이라, 토니오 크뢰거 ─ 미안하지만 ─ 다른 예술가들만 그렇단 건가요?"

토니오는 침묵했다. 그는 기울어진 눈썹을 모으고 자기도 모르게 휘파람을 불었다.

"찻잔, 이리 주세요, 토니오. 차가 진하지 않네요. 담배 한 대더 피우지 그러세요. 그건 그렇고, 당신도 잘 알고 있잖아요, 당신이 사물을 보는 것처럼 꼭 그렇게 사물을 볼 필요는 없다는 것을……"

"사랑하는 리자베타, 그건 호레이쇼의 답변이군요. '사물을 그렇게 관찰하는 것은, 너무 세밀하게 관찰하는 것입니다', 맞나요?"

"제 말은, 다른 쪽에서도 똑같이, 그렇게 세밀하게 관찰할 수 있다는 거예요, 토니오 크뢰거. 나는 그저 어리석고 그림 그리는 여자에 지나지 않아요. 그래도 당신 말에 뭔가 답변이라는 걸 할 수 있다면, 당신에 대항하여 당신의 직업을 조금이라도 옹호할 수 있다면 좋겠어요. 내가 말하는 건, 물론 새로운 건 아니에요. 당신 자신도 익히 알고 있는 것을 상기시킬 뿐이죠…… 그러니까 문학의 힘은 사람의 마음을 성스럽게, 깨끗하게 할 수 있다는 겁니다. 인식과 언어를 통해 열정을 가라앉힐 수 있다면, 문학이란 이해, 용서, 사랑으로 나아가는 길이고, 문학의 언어란 인간을 구원하는 힘이 있고, 문학의 정신은 인간 정신을 통틀어서 가장 고귀한 현상이며, 문학가는 완벽한 인간이자 성자와도 같습니다 ─ 사물을 *이렇게* 관찰하는 것도, 세밀하게 관찰하는 것으로 충분하지 않을까요?"

"당신은 그렇게 말할 권리가 있어요, 리자베타 이바노브나. 사실 당신네 나라 작가들이 남긴 작품들, 숭배할 만한 러시아 문학은 그렇습니다. 러시아 문학이야말로 정말이지 당신이 말하는 그런 신성한 문학입니다. 내가 당신 반론을 소홀히 여긴다는 게 아니에요. 오히려 그것들이 내 머릿속에서 오늘 뱅뱅 맴돌고 있어요⋯⋯ 나를 좀 보세요. 유난히 활기차 보이지는 않지요, 그렇죠? 약간 나이 들고, 예민하고, 피곤해 보이고, 그렇지 않나요? 아무튼, '인식' 이야기로 돌아오기 위해, 한 인간을 상상해 봅시다. 태어날 때부터 선하고 온화하고 친절하지만, 약간 감상적인 데다 사람 심리를 꿰뚫는 통찰력 때문에 너무 많이 지쳐서 쓰러져버린 인간을요. 그는 슬픈 세상사에 압도당하지 않고, 관찰하고 주의 깊게 살피다 아무리 고통스러운 것일지라도 수용하고, 존재의 혐오스러운 허구에 대해서도 처음부터 도덕적 우월감에 가득 차 좋은 척해야 합니다 ─ 물론, 그래야겠죠! 하지만 표현한다는 것이 아무리 즐겁다 해도, 가끔은 그런 일들이 좀 버겁게 느껴질 때가 있답니다. 모든 것을 이해한다는 것이 모든 것을 용서한다는 뜻일까요? 리자베타, 난 정말 잘 모르겠어요. 내가 인식의 구토라고 부르는 것이 있는데요. 그건 어떤 것을 꿰뚫어 보는 것만으로도 벌써 죽고 싶을 만큼 역겨워지는 (그래서 절대로 화해하고 싶은 마음이 들지 않는) 그런 상태입니다. — 덴마크 왕자 햄릿, 그 전형적인 문학가의 경우가 그러했죠. 그는 꼭 알아야 하는 운명으로 태어난 것도 아닌데, 알아야 하는 운명이 되어버린 것이 무엇인지 알고 있었어요. 그래서 감정의 베일이 눈물로 젖어 있는데도, 그것을 뚫고 통찰하고 인식하고 주의 깊게 살피고 관찰해야 했고, 두 팔로 서로를 껴안고 서로의 입술을 찾으며 벅찬 감정에 눈이 멀었는데도, 미소를 머금고 방금 관찰한 것을 따로 챙겨두어야 했어요 — 이건 파렴치한 짓입니다, 리자베타, 이건 비열하고 분노가 치밀어 오르는 일 아닌가요…… 그러나 분노한들, 무슨 소용 있겠습니까?

이런 일의 다른 측면, 이에 못지않게 매력적이지 못한 측면도 있는데요. 그것은 모든 진리에 대해 둔감하고 무관심하고 반어적이고 지겨워하는 태도입니다. 이미 산전수전 다 겪고 지식이 풍부한 사람들 사이에 끼어 있을 때보다 더 말문이 막히고 더 절망적인 자리가 세상 어디에 또 있을까요. 이거 사실 아닙니까. 그들에게 모든 인식은 낡고 따분할 뿐입니다. 당신이 어떤 진리를 먼저 말해보세요. 당신이 그걸 터득하고 소유하게 되어 어쩌면 청년 같은 기쁨을 느끼고 있을 때, 그들은 당신이 깨우친 것이 너무나 평범해서 그저 지극히 짧은 콧방귀만 날리고 말 겁니다…… 아, 맞아요. 리자베타, 문학은 지치게 합니다! 확신컨대, 인간 사회에선 단순히 회의에 빠져 의견 표현을 자제하기만 해도, 바보 취급 당하는 수가 있어요. 그건 단지 오만하고 용기가 없었을 뿐인데…… '인식'은 이쯤하고. 잠시 '언어'에 대해 이야기해 볼게요. 언어는 어쩌면 구원이 아니라 감정을 차갑게 식혀 얼음 위에 올려놓는 도구가 아닐까요? 농담이 아닙니다. 문학 언어가 인간의 감정을 즉각적이고 피상적으로 처리하는 데에는 얼음처럼 차갑고, 화가 날 정도로 불손한 사정이 숨어 있답니다. 당신이 지금 달콤하고 숭고한 체험을 하게 되어, 가슴이 터질 것 같고 온통 거기에 사로잡힌 것이 문제라면, 더는 간단한 방법이 없어요! 작가를 만나러 가세요. 그러면 모든 것이 순식간에 정리된답니다. 그는 당신 일을 분석하고 규정하고, 이름을 붙여 표현할 말로 만들어주고, 이 모든 문제를 당신에게서 영원히 해결하여 아무것도 아닌 것으로 만들어주고, 고맙다는 인사조차 원하지 않을 거예요. 그러면 당신은 마음이 가벼워져 냉정과 분별을 되찾아 집으로 돌아와, 당신이 조금 전까지 도대체 무엇 때문에 그토록 달콤한 혼란에 휘말릴 수 있었는지 의아해할 겁니다. 그런데도 당신은 진정으로 이 차갑고 허영심 강한 사기꾼들의 편을 들 건가요? 작가의 신앙고백에 따르면, 말로 표현된 것은 다 해결되었어요. 온 세상이 말로 표현되었다면, 그로써 세상은 해결되고, 구원되고, 처리된 것이죠…… 멋지지 않나요! 그렇지만 난 허무주의자는 아닙니다……"

"당신이 아니라고 — " 리자베타가 말하며…… 차를 뜬 숟가락을 막 입으로 가져가려다 멈추고는 그대로 굳어버렸다.

"왜 그래요…… 왜 그래요…… 리자베타, 정신 차리세요! 나는 허무주의자가 아닙니다, 분명히 말하지만, 살아 있는 감정에 관한 한, 나는 아닙니다. 보세요, 사실 작가가 이해하지 못하는 것이 있는데, 삶은 표현되고 '처리'된 후에도 여전히 살아가기를 계속한다는 거예요. 그리고 그것에 대해 부끄러워하지도 않는다는 거죠. 세상을 좀 보세요. 문학이 제아무리 삶을 구원했다 해도, 삶은 이에 조금도 굴하지 않고 계속 죄를 짓고 있잖아요. 왜냐하면 성령의 눈으로 보면 모든 행위는 죄악이니까요……

리자베타, 핵심을 말할 때가 됐군요. 잘 들어주세요. 나는 삶을 사랑합니다 — 이건 고백입니다. 이 말을 잊지 말고 꼭 기억해 주세요 — 아직 누구에게도 이런 고백을 한 적이 없거든요. 세상 사람들은 내가 삶을 증오한다, 두려워한다, 경멸한다, 혐오한다고 말했고, 심지어 그걸 글로 써서 책으로 펴내기까지 했답니다. 나는 그런 말을 기꺼이 듣곤 했어요. 아첨하는 말들이니까요. 하지만 그건 완벽하게 틀렸습니다. 나는 삶을 사랑합니다…… 당신 미소 짓네요, 리자베타. 나는 그 이유를 알아요. 하지만 제발 부탁이니, 내가 지금 하는 말이 문학이라 생각하지 마세요! 그렇다고 체사레 보르자나 그를 지도자로 떠받드는 그 어떤 몽롱한 철학도 떠올리지 마세요! 체사레 보르자 같은 인간, 나에겐 아무 의미도 없고, 난 그를 조금도 중요하게 평가하지 않아요. 그런 비정상적이고 악마적인 것을 어떻게 이상으로서 추앙하는지, 난 앞으로도 결코 이해하지 못할 겁니다. 정말이지, '삶'은 정신이나 예술과 영원한 대립 관계로 마주 서 있는 것처럼, ─ 피로 물든 위대함과 거친 아름다움의 환상으로 나타나지도 않고, 우리같이 평범하지 않은 사람들에게 평범하지 않은 것으로 나타나지도 않아요. 정상적인 것, 예의 바른 것, 사랑스러운 것이야말로 우리가 동경하는 세계이며, 삶은 그것들이 유혹하는 평범함 속에 있답니다! 사랑하는 리자베타, 세련된 것, 기괴한 것, 악마적인 것에 처음부터 깊이 빠져서, 정직한 것, 소박한 것, 활기찬 것에 대한 갈망이 없는 사람 ─ 약간의 우정, 헌신, 친밀감, 인간적 행복에 대한 갈망이 없는 사람 ─ 그런 사람은 예술가가 되려면 아직 한참 멀었어요. 사랑하는 리자베타, 예술가가 되려면 남모르게 애태우는 그리움, 평범한 것의 환희에 대해 알아야 합니다!……

인간적인 친구! 사람들 가운데 그런 친구가 한 명이라도 곁에 있다면, 내 가슴이 뿌듯해지고 행복해질 것이라 말한다면, 당신은 믿을까요? 그렇지만 지금까지 내게는 악령, 요괴, 지독한 괴물, 인식에만 매달려 말을 잃은 유령, 한 마디로 글쟁이 친구 밖에 없었답니다.

간혹가다 무대 같은 데 올라서, 내 말을 경청하러 온 강당 안의 사람들과 마주할 때가 있어요, 그럴 때면 아시죠. 난 내 강연을 누가 들으러 왔는지, 어떤 사람이 내게 박수와 감사를 보내는 지, 내 예술이 여기 있는 어떤 사람과 이상적으로 결합할지, 그런 질문들을 가슴에 품고 청중을 쭉 둘러 관찰합니다. 그러고는 어떤 비밀스러운 방식으로 강당 안 곳곳을 탐색하듯 살피는 나 자신을 갑자기 깨닫게 되는 일이 일어나기도 하죠…… 그런데 리자베타, 난 내가 찾고 있던 사람들을 발견하지 못해요. 그저 잘 아는 동호인들의 무리, 초기 기독교 신자들의 모임 비슷한 것을 발견할 뿐입니다. 성치 않은 몸과 섬세한 영혼을 지닌 사람들, 걸핏하면 넘어지는, 이렇게 말해도, 당신은 이해하죠. 시가 그들에겐 삶에 대항하는 가벼운 복수가 되고 — 그들은 항상 고통스러워 뭔가를 갈망하는 불쌍한 사람들입니다. 하지만 리자베타, 다른 부류의 사람들, 파란 눈을 가진 사람들은 절대 오지 않아요, 그들에게 정신은 필요하지 않으니까요!……

그런데 마지막에서, 다른 부류의 사람들이 온다면 얼마나 좋을까 하는 생각은 유감스러울 정도로 논리에 어긋나지 않나요? 삶을 사랑한다고 하면서 온갖 기교를 동원해 그들을 우리의 삶으로 끌어들이려 애쓰는 것, 그들의 삶을 섬세함, 우울함, 그리고 문학에 병들어 있는 온갖 고상함 쪽으로 끌어들이려 애쓰는 것, 그건 모순이죠. 지상에서 예술 세계가 커지면, 건강하고 순진무구한 세계는 줄어들어요. 그러니 우리는 그중에서도 아직 남아 있는 것들을 아주 조심스럽게 보존해야 하고, 스냅 사진들이 들어 있는 승마 교본을 즐겨 읽는 사람들이 시를 읽도록 유혹해서는 안 될 일이죠!

잘 생각해 보면 ─ 일상생활을 하면서 예술을 해보겠다 애쓰는 것보다 더 참담한 구경거리가 있을까요? 우리 예술가들은 딜레당트, 그중에서도 기회가 닿으면 언젠가는 예술가가 될 수 있다고 믿는 활기찬 자들을 그 누구보다 철저히 경멸합니다. 장담하는데, 저도 이런 종류의 경멸을 개인적으로 체험한 적이 있어요. 훌륭한 집안의 사교 모임에 간 적이 있었습니다. 사람들은 먹고 마시고 이야기를 나누고, 그야말로 최고로 친밀한 분위기였지요. 그래서 저도 잠시나마 악의 없고 정상적인 사람들 사이에서, 그들과 같은 무리에 스며들 수 있다는 것이 정말 기쁘고 감사하기까지 했답니다. 갑자기 (실제로 일어난 일이었어요) 한 장교가 자리에서 벌떡 일어났어요. 잘생기고

풍채가 당당한 소위였는데, 나는 그가 자신이 입은 제복의 명예에 어울리지 않는 행동을 할 거라곤 상상조차 못했답니다. 그는 아주 분명한 어조로 자신이 쓴 시를 낭송하고 싶다며 허락을 구했어요. 사람들이 당황한 미소로 허락하자, 그는 자신의 계획을 실행에 옮기게 되었고, 그때까지 품 안에 숨겨두었던 쪽지를 꺼내 자작시를 낭독했습니다. 음악과 사랑에 바치는 뭐 그런 거였는데, 한 마디로 절절히 느끼긴 했는데, 별 감흥이 없었어요. 그때 저는 세상 사람 모두를 대신해서 묻고 싶었답니다. 소위나 되는 남자가! 세상의 주인이! 그는 정말 그럴 필요가 없는데……! 결국은 일어나야 할 일이 일어나고야 말았어요. 모두 실망한 얼굴로 침묵하는 가운데, 약간의 억지 박수 소리가 나오더니, 주위에는 말할 수 없이 불편한 분위기가 감돌았어요. 그런 상황에서 저는 한 가지를 깨달았습니다. 이 경솔한 젊은이가 모임에 참석한 사람들에게 끼친 당혹스러움에 나 자신도 일말의 책임이 있다는 것을. 그리고 아니나 다를까, 그가 서투른 짓을 했던 그 직업을 가진 나 역시 조롱 섞인 의심의 눈초리를 받게 되었어요. 그러면서 깨달은 두 번째 사실은, 조금 전까지만 해도 그의 존재와 인품에 대해 최상의 존경심을 느꼈는데, 똑같은 사람이 제 눈에서 갑자기 가라앉더니, 가라앉고, 가라앉고…… 저는 동정심이 일어 호의를 베풀기로 했죠. 용감하고 마음씨 좋은 몇몇 신사들과 함께 그에게 다가가 용기를 북돋워줬어요. '축하합니다' 그리고 이어서 말했죠. '소위님! 정말 멋진 재능이에요! 참 대단하십니다!' 그리고 하마터면 그의 어깨를 두드려줄 뻔했다니까요. 하지만 이런 호의가 소위를 상대로 느껴야 했던 감정일까요?…… 그의 잘못이었잖아요! 그는 바로 그 자리에 서서, 몹시 당황해하며, 자신이 저지른 오류의 대가를 치르고 있었어요. 자신의 삶을 통째로 갈아 넣지 않고도 예술의 월계수에서 작은 잎사귀 하나, 그저 그 하나쯤이야 따도 된다고 생각했던, 그 오류 말입니다. 안 될 말이죠. 이런 경우라면 나는 동료이자 감옥살이를 했던 은행가 편을 들겠습니다--. 그런데 당신 보기에 리자베타, 내가 오늘 햄릿처럼 말이 많지 않아요?"

"이제 끝났나요, 토니오 크뢰거?"

"아니요. 하지만 그만하려 합니다."

"그만하면 충분합니다 — 답변을 기대하세요?"

"답변이 있나요?"

"있을 것 같아요 — 토니오, 난 당신의 말을 주의 깊게 들었어요, 처음부터 끝까지. 그러니 오늘 오후에 당신이 했던 모든 말에 어울리는 답변을 드릴게요. 그것은 당신이 그렇게도 불안

해하였던 그 문제에 대한 해답이기도 합니다. 자, 그러면! 해답
이란 바로 이거예요. 거기 앉아 계신 당신은 한 마디로 한 명의
시민이라는 겁니다."

"내가요?" 토니오는 이렇게 물으며, 약간 무너져 내리는 느낌
이었다⋯⋯

"그렇지 않나요, 충격이 크시죠. 아, 당연히 그럴 수밖에요. 그
래서 조금 약하게 판결을 내려볼까 합니다. 그건 제가 할 수 있
으니까요. 토니오 크뢰거 씨, 당신은 길을 잘못 든 시민 — 길
잃은 시민입니다."

— 침묵이 흘렀다. 이윽고 그는 결심한 듯 일어나 모자와 지팡
이를 들었다.

"고맙습니다, 리자베타 이바노브나. 이제 안심하고 집에 돌아
갈 수 있겠어요. *나는 처리되었으니까요.*"

5

"여행을 떠나야겠어요, 리자베타. 바람도 쐴 겸. 일단 떠나서, 먼 곳으로 가려 해요."

"아니, 웬일이세요, 도련님, 그럼 다시 이탈리아로 행차하시나요?"

"맙소사, 이탈리아 이야기는 꺼내지도 마세요, 리자베타! 난 이제 이탈리아엔 경멸할 만큼 관심이 없어졌다니까요. 내가 그곳에 속한다고 착각했던 건 오래전 일이에요. 예술, 그렇지 않나요? 벨벳처럼 파란 하늘, 뜨겁게 익어가는 포도주, 달콤한 관능…… 한 마디로 그런 게 싫어졌어요. 나는 포기했답니다. 남쪽의 그 모든 아름다움이 내 신경을 건드려요. 동물처럼 새카만 눈동자를 가진, 무서우리만치 활기에 넘치는 저 아래 남쪽 나라의 사람들도 좋아하지 않아요. 라틴족의 눈에는 양심이라는 게 없어서…… 아니요, 이번엔 덴마크로 잠시 가보려 합니다."

"덴마크요?"

"네, 거기선 좋은 일이 생길 것 같아요. 어린 시절 내내 국경 근처에 살기는 했는데, 우연이긴 하지만, 아직 거기까지 가보진 못했어요. 그렇지만 오래전부터 그 나라를 잘 알고 있었고, 사랑하고 있었답니다. 이런 북쪽 취향은 아마도 아버지에게서 물려받은 게 틀림없어요. 어머니는 모든 것을 이래도 저래도 다 좋다고 하셨지만, 남쪽의 아름다움을 분명히 더 좋아하셨거든요. 리자베타, 저기 저 북쪽 나라에서 쓴 책들을 보세요. 심오하고 순수하고 유머가 있는 책들 — 그보다 더 좋은 책은 없을 거예요. 나는 그 책들을 사랑합니다. 스칸디나비아식 음식은 어떻고요. 그 비교 불가능한 음식들, 그건 소금기가 느껴지는 세찬 바닷바람 속에서나 겨우 소화해 낼 수 있죠 (그 음식들을 여전히 소화해 낼 수 있을지 모르겠네요). 그런 음식이라면 어릴 적부터 좀 알고 있기는 합니다. 우리 고향에서도 꼭 그렇게 먹었거든요. 이름도 한번 말해보세요. 그곳 북쪽 사는 사람들이 썼던 세례명 중 우리 고향에서도 똑같이 썼던 이름들이 꽤 많답니다. '잉에보르크' 같은 소리는 가장 완벽한 시를 하프로 연주하는 것 같아요. 그리고 바다도 있죠 — 거기 위쪽에 발트해가 있어요!…… 한 마디로, 저는 북쪽으로 갑니다, 리자베타. 발트해를 다시 보고 싶고, 그 이름들을 다시 듣고 싶고, 그 책들을 현지에서 직접 읽고 싶어요. 그리고 그 '유령'이 햄릿에게 나타나 가엾고 고귀한 젊은이를 곤궁에 빠뜨려 죽음으로 몰고 갔던 그 크론보르 성 테라스에도 서보고 싶고……"

"토니오, 어떻게 갈 건지, 물어봐도 돼요? 어떤 경로로 갈 건가요?"

"일반적인 경로죠" 그는 어깨를 으쓱하며 말하고, 눈에 띄게 얼굴이 붉어졌다. "맞아요, 리자베타, 나는 — 내가 떠나왔던 곳에 들를 겁니다, 13년 만이에요. 상당히 이상한 여행이 될 수도 있겠네요."

그녀는 미소를 지었다.

"바로 그 말, 그걸 제가 듣고 싶었어요, 토니오 크뢰거. 그럼 무사히 잘 다녀오세요. 편지 쓰는 거 잊지 말고요, 듣고 있죠? 당신, 여행의 체험 가득한 편지가 기대돼요 — 덴마크라……"

6

그리고 토니오 크뢰거는 북쪽으로 떠났다. 편안한 여행이었다 (그는 다른 사람들보다 내적으로 훨씬 더 무거운 짐을 진 사람은 외적으로 어느 정도 쾌적함을 누려도 옳다고 말해왔기 때문이었다). 쉬지 않고 달려서, 그는 마침내 자신이 떠나왔던 좁은 도시, 회색 하늘에 첨탑들이 솟아 있는 그 도시에 이르렀다. 거기에서 짧은 체류 중에도 이상한 일을 겪게 되었는데……

기차가 좁고 연기에 그을린, 정말 놀랍도록 낯익은 플랫폼으로 진입했을 때, 우중충하던 오후는 어느덧 저녁으로 넘어가고 있었다. 여전히 지저분한 유리 천장 아래로 자욱한 연기 덩어리가 뭉게뭉게 피어오르더니 길게 뻗은 조각으로 갈라져 이리저리 흩어졌다. 그 광경은 토니오 크뢰거가 조롱이라는 감정만 가슴속에 가득 안은 채 거기를 떠났을 때와 똑같았다 — 그는 짐을 챙겨 먼저 호텔로 보내고, 역을 빠져나왔다.

역 앞에는 엄청나게 높고 큰 검정 쌍두마차들이 한 줄로 늘어서 있었다! 그는 마차를 타지 않았다. 그냥 바라만 보았다. 이웃 지붕 너머로 인사를 건네는 듯한 좁은 합각지붕, 뾰족한 첨탑, 게으르고 교양 없는 금발 머리 사람들이 그의 주위를 오가며 장황하지만 재빠른 말투로 이야기하는 모습, 그 모든 것들도 바라만 보았다. 그러자 마음속에 신경질적인 웃음이 복받쳐 올랐는데, 그건 흐느낌과 같은 뜻을 지닌 익숙한 것이었다 — 그는 걸어갔다. 얼굴에 와 닿는 축축한 바람기를 느끼며 천천히 걸었다. 신화 속 인물들의 입상이 난간 위에 서 있는 다리를 건너 항구를 따라 조금 더 걸어갔다.

맙소사, 이 모든 것이 이토록 작고 촌스러웠다니! 합각지붕이 늘어선 좁다란 골목들은 여기서 그 오랜 시간 이토록 구불구불 가파른 경사를 이루며 시내 쪽으로 뻗어 올라갔단 말인가? 탁한 강물 위에는 선박의 굴뚝과 돛대가 저녁노을 속에서 바람에 고요히 흔들리고 있었다. 내가 가고 싶은 집은 저 위쪽에 있으니, 저 길을 따라 올라가야 할 것인가? 아니야, 내일 가자. 지금은 몹시 졸렸고, 오랜 기차여행으로 머리도 무거웠다. 그런데도 분명하지 않은 생각들이 천천히 그의 머릿속을 스쳐 갔다.

나는 지난 13년 동안 위에 탈이 났을 때마다, 이런 꿈을 꾸었다. 비탈진 골목길에 있는 오래되고 쿵쿵 울리는 고향 집에 다시 와 있고, 아버지 역시 다시 그곳에 계셔서 무분별한 생활을 하는 아들을 호되게 꾸짖는 꿈을. 그때마다 나는 그의 꾸지람이 지극히 마땅하고 옳은 일이라 생각했다. 그런데 바로 지금 이 순간의 상태도 미혹하는 줄 알면서도 찢어버릴 수 없었던 꿈의 그물과 조금도 다르지 않았다. 사람들은 그 속에서 이것이 꿈인지 생시인지 스스로 물어볼 수가 있어서 쫓기는 가운데서도 이것은 현실이라고 단정해 버리지만, 결국 깨어나 보면…… 그는 인적이 드문, 바람만 세차게 부는 거리를 걷고 있었다. 바람이 불어오는 쪽으로 고개를 숙인 채 마치 몽유병 환자처럼, 그가 묵기로 한 호텔, 이 도시의 최상급 호텔을 향해 걸어갔다. 다리가 구부정한 남자가 끝부분에 조그만 불꽃이 타고 있는 장대 하나를 들고, 뱃사람처럼 건들거리는 걸음걸

이로 그의 앞을 지나 가스등에 불을 붙였다.

그의 기분은 어떠했나? 피곤의 잿더미 아래에서 다시는 불꽃을 피우지 않을 것 같은, 암울하고 매우 고통스럽게 타고 있는 이것은 다 무엇인가? 조용히, 조용히! 말하지 말자! 아무 말도 하지 말자! 그는 바람을 맞으며 저녁노을 진 이 정든 골목길을 꿈속에서처럼 마냥 걷고 싶었다. 그러나 모든 것이 너무 좁고 가깝게 다닥다닥 붙어 있어서, 그는 어느새 목적지에 닿았다.

상류층 도시에는 아치형의 가로등이 있었고, 방금 불이 켜졌다. 그곳에 호텔이 있었다. 호텔 앞에는 그가 어릴 적에 무서워했던 검정 사자상 두 개가 놓여 있었다. 지금도 그 사자들은 마치 재채기를 할 것 같은 표정으로 마주 바라보고 있었다. 하지만 그것은 옛날보다 훨씬 작아 보였다. — 토니오 크뢰거는 그 사자들 사이를 지나갔다.

걸어서 호텔로 온 탓인지, 그는 극진한 대접을 받지는 못했다. 현관 문지기와 검정 예복을 무척 말쑥하게 차려입은 신사가 그를 맞았는데, 그 신사는 인사를 하면서도 새끼손가락으로 소맷부리 장식을 계속해서 양쪽 소매 속으로 밀어 넣었다. 두 사람은 그를 조사하듯 측량하듯, 머리 꼭대기부터 발끝까지 훑어보며, 사회적 지위를 어느 정도로 규정하여 신분과 계급을

판정하고 어느 등급으로 지정해야 할지 애쓰는 모습이 역력했다. 그런데도 그들은 안도할 만한 결과를 얻어내지 못하자, 누구에게나 적용하는 정중함 정도로 결정한 것 같았다. 짐을 나르는 직원은 온화한 인상이었다. 빵 색깔의 금빛 구레나룻을 가늘고 길게 기르고 오래 입어 반들반들해진 연미복에 장미꽃 장식이 달린 소리 나지 않는 구두를 신고 있었다. 그는 계단을 두 층 더 올라가 깔끔하면서 고풍스럽게 꾸며놓은 방으로 그를 안내했다. 창문 밖에는 초저녁의 희미한 불빛 속에서 앞마당, 합각지붕, 호텔 가까이에 있는 기이한 모양의 성당 건물들이 그림처럼 아름다운 중세의 전망을 펼쳐 보였다. 토니오 크뢰거는 한동안 그 창문 앞에 서 있었다. 그러다 팔짱을 끼고 널찍한 소파 위에 앉아 눈썹을 찡그려 모으고 나지막이 휘파람을 불었다.

등불이 들어왔다. 그리고 짐도 도착했다. 온화한 인상의 직원이 그것들을 가져다주며, 탁자 위에 숙박계산서도 내려놓았다. 토니오 크뢰거는 고개를 옆으로 기울인 채 거기에 이름, 신분, 출생지 등을 적었다. 그리고 간단한 저녁식사를 주문한 뒤 소파 모퉁이에 앉아, 멍하니 허공을 쳐다보았다. 주문한 식사가 그의 앞에 놓였는데도, 그는 오랫동안 음식에 손을 대지 않았다. 이윽고 빵 몇 조각을 먹고는 한 시간 정도 더 방 안을 왔다 갔다 했다. 그때 이따금 멈추어서 두 눈을 감기도 했다. 그

러고 나서 그는 천천히 옷을 벗고 잠자리에 들었다. 이상하리
만치 무언가를 그리워하는 얽히고설킨 꿈을 꾸며, 길고 긴 잠
을 잤다.

잠에서 깨어났을 때, 방 안은 밝은 햇빛으로 가득 찼다. 그는
혼란스러운 기분으로 이곳이 어디인지 서둘러 생각해 냈고,
벌떡 일어나 커튼을 열어젖혔다. 벌써 조금은 연해진 늦여름
의 파란 하늘에는, 바람에 찢긴 가느다란 구름 조각들이 줄지
어 지나가고 있었다. 그러나 태양은 여전히 고향 도시의 위에
서 빛나고 있었다.

그는 평소보다 훨씬 더 세심하게 몸치장을 했다. 정성껏 씻고
면도하였는데, 마치 품위 있고 흠잡을 데 없는 인상을 주어야
할 격조 높은 명문가 방문을 앞둔 것처럼 산뜻하고 말끔한 차
림이었다. 옷매무새를 다듬는 동안, 그는 불안하게 두근거리
는 심장 박동 소리를 귀 기울여 들어보기도 했다.

밖이 얼마나 환하던지! 차라리 어제처럼 땅거미라도 거리에 깔
려 있었더라면, 마음이라도 좀 편했을 텐데. 하지만 그는 지금
사람들이 바라보는 가운데, 저 환한 햇빛을 뚫고 나가야 한다.
혹시 아는 사람을 만나 멈추어 서서 지난 13년간 어떻게 지내
왔냐는 질문에 이야기라도 나눠야 하는 건 아닐까? 아니야, 그

럴 리 없어. 더 이상 나를 아는 사람은 아무도 없고, 혹시 나를 기억하는 사람이 있어도 나를 알아보지는 못할 거야. 사실 내가 그사이에 좀 변했잖아. 그는 거울 속의 그를 유심히 들여다보았다. 그러다 문득 이 가면 뒤에서라면, 주름이 져서 일찍이 나이보다 늙어 보이는 이 얼굴 뒤에서라면, 상당히 안전할 것 같은 느낌이 들었다…… 그는 아침식사를 방으로 주문하여 먹고 방을 나섰다. 현관 문지기와 검은 예복을 단정하게 차려입은 신사의 태도에서 경시하는 듯한 눈길을 느끼며, 입구의 홀을 거쳐 두 마리 사자상의 사이를 지나 밖으로 나갔다.

어디로 가는가? 나 자신도 명확히 알지 못했다. 어제와 똑같았다. 묘하게 기품 있고 아득한 옛날부터 친했던 듯이 다닥다닥 붙어 있는 합각지붕, 작은 탑, 아치, 분수를 주위에서 다시 바라보자마자, 아득히 먼 꿈에서 불어오는 부드러우면서도 쓰디쓴 향기가 함께 느껴지는 바람, 그 세찬 바람이 얼굴에 와 닿는 것을 다시 느끼자마자, 마치 안개 그물 같은 베일이 나의 의식을 덮어버렸다…… 얼굴 근육들이 확 풀렸다. 나는 차분해진 시선으로 사람들과 주위를 관찰했다. 어쩌면 저기, 저 길모퉁이에서는, 꿈에서 깨어날지도……

어디로 가는가? 내가 나아갔던 방향은 슬프고 이상야릇한 후회로 가득한 어젯밤 꿈과 관련이 있다는 생각이 들었다…… 나는 시청의 둥근 천장 아래를 지나, 정육점 주인이 피 묻은 손으로 고기를 저울에 달고 있는 시장으로 갔다. 그 광장에는 높고 뾰족하게 여러 모양으로 장식된 고딕식 분수가 있었다. 거기서 나는 어느 집 앞에 멈춰 섰다. 그 집은 다른 집들과 마찬가지로 좁고 소박했으며, 둥근 모양의 합각지붕에 창문이 나 있었다. 나는 그 집을 바라보며 생각에 잠겼다. 현관문에 붙은 문패를 읽고, 창문 하나하나를 잠시 눈여겨보았다. 그런 다음에 천천히 몸을 돌려 계속해서 걸어갔다.

어디로 가는가? 고향 집으로. 하지만 나는 돌아가는 길을 택했고, 시간적 여유가 있어 성문 밖으로 나가 산책도 했다. 뮐렌 둑길과 홀스텐 둑길을 지나 걸어가던 나는 나무들 사이에서 쏴쏴, 삐그적삐그적 불어대는 바람이 몰아치자 모자를 꽉 움켜쥐었다. 드디어 기차역에서 멀지 않은 녹지대를 벗어나, 칙칙 소리를 내며 뒤뚱뒤뚱 지나가는 기차를 바라보며 심심풀이로 기차 칸수를 세보기도 하고, 맨 끝 칸의 꼭대기에 앉아 있던 남자를 눈으로 뒤쫓기도 했다. 그러다 보리수 광장에 이르자, 그곳에 늘어선 아름다운 저택들 가운데 어떤 집 앞에 멈춰 섰다. 그는 오랫동안 정원을 살피고 창문을 올려다보다, 결국에는 돌쩌귀에서 삐걱삐걱 소리가 날 때까지 정원 문을 이리저리 흔들어보았다. 그런 다음 그는 차갑고 녹이 묻은 손을 한참 내려다보고는 계속 걸어갔다. 오래되고 나지막한 성문을 지나 항구를 따라, 경사지고 바람 부는 골목길을 올라가, 부모님의 집으로 향했다.

그 집은 주위에 있는 이웃집들보다 합각지붕이 높았고, 300년 동안 한결같이 회색의 위엄 있는 모습으로 서 있었다. 토니오 크뢰거는 출입문 위쪽에 보이는 반쯤은 희미해진 글자들, 경건한 격언을 읽었다. 그러고 나서 길게 숨을 쉬고 안으로 들어갔다.

그의 가슴은 불안하게 쿵쾅거렸다. 지금 들어서고 있는 1층 어느 문에선가 사무복을 입고 귓등에 펜을 꽂은 아버지가 걸어 나와 그를 불러 세우고는, 그의 무분별한 생활을 엄하게 꾸짖는다 해도 그는 그것이 지극히 마땅하고 옳은 일이라고 생각했기 때문이었다. 하지만 그는 어떠한 방해도 받지 않고 지나갈 수 있었다. 현관 안쪽의 바람막이 문이 닫혀 있지 않고 비스듬히 열려 있는 게 보였는데, 그건 야단맞을 일이라 느꼈다. 그러나 그 순간조차 마치 어느 상쾌한 꿈에서 경이로운 행운의 은총을 받아 장애물이 저절로 물러나, 방해받지 않고 앞으로 쭉 뚫고 들어가는 기분이 들었다…… 커다란 사각형 돌조각이 깔린 넓은 복도에 들어서자, 그의 발소리가 메아리쳤다. 조용한 부엌의 건너편에는 이제나 다름없이 이상하고 볼품없지만 깨끗하게 래커칠을 한 목조 단칸방들이 벽의 꽤 높은 곳에서 툭 튀어나와 있었다. 그곳은 하녀들의 방이었고, 현관에서 난간 없는 디딤 계단 같은 것을 통해서만 그곳에 다다를 수 있었다. 하지만 현관 안쪽에 있던 커다란 장롱과 조각이 새겨진 나무 궤짝은 더는 그곳에 없었다…… 이 저택의 아들은 묵직한 계단을 오르며, 흰색 래커칠을 한 격자무늬의 세공이 들어간 나무 난간을 손으로 짚었다. 매번 걸음을 뗄 때마다 그는 난간에서 손을 들어 올렸다가, 다음 걸음에서는 부드럽게 손을 다시 난간 위에 내려놓았다. 마치 수줍은 마음으로, 이 오래되고 견고한 난간에서 예전의 친밀함을 다시 불러일으키려는 것 같았다…… 그러다가 그는 중간층으로 들어가는 입구 앞의 층계참에서 멈추어 섰다. 문에 흰색 간판이 붙어 있었는데, 거기에 검은 글씨로 '민중도서관'이라고 쓰여 있었다.

민중도서관? 토니오 크뢰거는 생각해 보았다. 이곳은 민중과도, 문학과도 무관하다고 여겼기 때문이었다. 문을 두드렸다…… 들어오세요, 하는 소리가 들리자, 안으로 들어갔다. 긴장한 탓에 잘 보이지는 않았지만, 그는 전혀 어울리지 않게 변해버린 그곳을 들여다보았다.

그 층에는 방 3개가 깊숙이 늘어서 있었는데, 그것들을 연결하는 방문들은 다 열려 있었다. 벽면에는 같은 모양으로 제본된 책들이 어두운 서가에 길게 줄을 이어 거의 천장에 닿을 정도로 꽉 들어차 있었다. 방마다 초라한 모습의 남자가 판매대 비슷한 탁자에 한 명씩 앉아 무언가를 쓰고 있었다. 그중 두 명은 토니오 크뢰거 쪽으로 겨우 고개를 돌렸을 뿐이었다. 그러나 첫 번째 방에 있던 남자는 서둘러 일어섰다. 그는 양손으로 탁자를 짚고 고개를 앞으로 쑥 내밀고 입술을 뾰족이 오므리고 눈썹을 치켜뜨고 있었다. 그리고 계속 눈을 깜빡거리며 방문객을 쳐다보았다……

"실례합니다" 토니오 크뢰거는 수많은 책에서 시선을 떼지 않은 채 말했다. "저는 여행객인데, 이 도시를 관광하고 있습니다. 이곳이 그러니까 민중도서관인가 보죠? 잠시 책들을 둘러봐도 되겠습니까?"

"그럼요!" 그 공무원은 이렇게 말하고, 더욱 심하게 눈을 깜빡거렸다…… "당연히, 이곳은 모든 분께 개방되어 있습니다. 그냥 둘러만 보시겠습니까?…… 도서 목록이 필요하신가요?"

"아, 괜찮습니다" 토니오 크뢰거가 대답했다. "그냥 혼자서 둘러보겠습니다." 그는 이렇게 말하고 천천히 벽을 따라 걸으며, 책등에 적힌 제목을 살펴보는 척했다. 마침내 책 한 권을 꺼내 펼쳐 들고는 창가로 갔다.

이곳은 아침식사를 하던 방이었다. 위층에 하얀 신상들이 불룩 튀어나온 푸른색 벽 융단이 걸려 있던 큰 식당이 있기는 했지만, 아침식사는 주로 여기서 했다…… 저기 저 방은 침실이었다. 연로하셨던 친할머님이 그곳에서 힘겨운 투병 끝에 세상을 떠나셨는데, 그녀는 삶을 즐기며 삶에 애착이 강했던 사교계의 귀부인이었다. 그리고 얼마 후에 아버님도 이 방에서 마지막 숨을 거두셨는데, 그는 큰 키에 정확했지만 약간은 감상적이고 명상적이며 단춧구멍에 들꽃을 꽂고 다니던 신사였다…… 토니오는 아버지 임종 때 침대 끝에 앉아 사랑과 고통, 말할 수 없는 강렬한 감정에 복받쳐 진정으로 뜨거운 눈물을 흘렸다. 그의 어머니도, 그의 아름답고 정열적인 어머니도 망연자실 뜨거운 눈물을 쏟으며 침대 곁에서 무릎을 꿇고 있었다. 그런 다음 어머니는 남국의 예술가와 함께 푸르고 머나먼 나라로 가버렸다…… 저기 뒤쪽, 세 번째 방, 지금은 다른 방들과 마찬가지로 책으로 가득 차 있고, 초라한 행색의 남자가 지키고 있는 저 작은 방이 오랜 세월 그 자신의 방이었다. 그는 학교 수업을 마치고 지금처럼 산책한 후에 집에 돌아왔다. 저쪽 벽에 그의 책상이 놓여 있었고, 책상 서랍에는 그가 처음으로 마음 깊이 느껴 어찌할 바 몰랐던 시들을 보관하고 있었다…… 그 호두나무…… 찌르는 듯한 비애가 그를 파고들었다. 그는 고개를 옆으로 돌려 창밖을 내다보았다. 정원은 황폐해져 있었다. 그러나 오래된 호두나무는 여전히 자신의 자리에 서서, 우두둑우두둑 쏴쏴, 바람 속에서 묵직한 소리를 내고 있었다. 토니오 크뢰거는 손에 들고 있던 책으로 눈을 돌렸다. 그도 잘 알고 있는 뛰어난 작품이었다. 그는 검은 글씨의 행과 단락을 읽어 내려가며, 한동안 텍스트의 정교한 흐름을 따라갔다. 그것이 어떻게 창조적인 열정에서 핵심과 효과까지 올라가 감동적으로 마무리되는지……

"아, 정말 잘 쓴 글이네!" 그는 이렇게 말하고, 작품을 제자리에 꽂고는 돌아섰다. 그때 그는 아까 그 공무원이 여전히 똑바로 서서, 업무에 대한 열성과 깊은 불신이 뒤섞인 표정으로 두 눈을 깜빡이는 모습을 보았다.

"탁월한 소장품입니다. 제 생각입니다만" 토니오 크뢰거가 말했다. "잘 둘러보았습니다. 정말 감사드립니다. 안녕히 계십시오" 그러면서 그는 문밖으로 나섰다. 그런데 이는 다소 의심스러운 퇴장이 되고 말았다. 그래서인지 그의 이번 방문으로 잔뜩 불안해진 공무원은 몇 분간은 더 그렇게 서서 눈을 깜빡이고 있을 것이라 분명히 느껴졌다.

그는 집 안을 더 둘러보고 싶은 기분이 들지 않았다. 자신의 옛집에 왔지만, 저 위층의, 큰 기둥이 있는 홀 뒤의 큰 방에는, 낯선 사람들이 살고 있다는 것을 눈치챘다. 계단 위쪽 끝이 예전에는 없었던 유리문으로 막혀 있고, 그곳에 문패 같은 것이 붙어 있었기 때문이었다. 그는 그곳을 떠나 계단을 내려와 발소리가 메아리치는 복도를 지나 자신이 태어났던 그 집을 떠났다. 그리고 어느 레스토랑 구석진 자리에 앉아 깊은 생각에 잠긴 채, 부대낄 만큼 기름진 식사를 하고 호텔로 돌아왔다.

"일을 다 마쳤습니다" 토니오는 검은 예복을 단정하게 차려입은 신사에게 말했다. "오늘 오후에 떠나려 합니다." 그는 이렇게 말하며 계산서를 주문했고, 코펜하겐행 증기선이 떠나는 항구로 자신을 데려다줄 마차를 예약했다. 그런 뒤에 방으로 올라와 탁자 앞에 앉았다. 조용히 꼿꼿한 자세로 앉아 양 볼을 두 손으로 받치고 멍한 시선으로 탁자 위를 내려다보았다. 한참 후에 숙박비를 치르고 짐을 챙겼다. 그리고 예약된 마차가 도착했다는 연락이 오자, 토니오 크뢰거는 떠날 채비를 마치고 아래층으로 내려갔다.

아래층, 계단 끝에 검은 예복을 단정하게 차려입은 신사가 그를 기다리고 있었다.

"실례합니다!" 그 신사가 말했다. 그러고는 새끼손가락으로 소맷부리 장식을 옷소매 안으로 밀어 넣었다…… "죄송하지만, 손님, 잠시만 더 시간을 내주셔야겠습니다. 제하제 씨 — 이 호텔 주인께서 ― 손님과 몇 말씀 나누고 싶어 하시는군요. 형식적인 것입니다…… 저기 뒤쪽에 계시는데…… 괜찮으시다면, 저와 함께 수고를 해주셔서…… 호텔 주인이신 제하제 씨는 혼자 계십니다."

그리고 그는 친절하게 안내하는 몸짓을 하며 토니오 크뢰거를 입구의 홀 뒤쪽으로 데려갔다. 그곳에는 정말로 제하제 씨가 서 있었다. 토니오 크뢰거는 예전부터 그 얼굴을 알고 있었다. 그는 작고 뚱뚱하고 다리가 휘었으며, 잘 다듬어진 구레나룻은 하얗게 세어 있었다. 하지만 예전과 다름없이 넉넉하게 재단된 연미복을 입고 있었고, 연두색 수가 놓인 작은 벨벳 모자도 쓰고 있었다. 그건 그렇고, 그는 혼자가 아니었다. 그의 가까이에, 벽에 붙여놓은 작은 간이 탁자 곁에 투구를 쓴 경찰관이 서 있었고, 장갑을 낀 오른손으로 여러 나라 글자가 쓰인 서류를 누르고 있었다. 그리고 건장한 군인의 얼굴로 토니오 크뢰거를 빤히 쳐다봤는데, 마치 자신의 시선만으로도 그가 바닥에 주저앉아 버릴 것이라고 기대하는 것 같았다.

토니오 크뢰거는 두 사람을 차례로 번갈아 보며, 잠자코 기다렸다.

"뮌헨에서 오셨죠?" 마침내 경찰관이 선량하고 묵직한 목소리로 물었다.

토니오 크뢰거가 그렇다고 대답했다.

"코펜하겐으로 떠나신다고요?"

"네, 덴마크의 해수욕장으로 가는 길입니다."

"해수욕장이요? ― 그럼, 신분증 좀 제시해 주셔야겠는데요"라고 말하며 경찰관은 '제시'라는 마지막 단어를 특히 힘주어 발음했다.

"신분증……" 그는 신분증을 갖고 있지 않았다. 그는 서류 가방을 꺼내 안을 들여다보았다. 하지만 그 안에는 약간의 지폐와 여행 목적지에서 마무리할 생각으로 가져온 단편소설 교정본 말고는 아무것도 없었다. 그는 공무원과 얽히는 것을 좋아하지 않아, 지금까지 여권을 만든 적이 한 번도 없었다.

"미안합니다" 그가 말했다. "신분증을 가지고 다니지 않습니다."

"그래요?" 경찰관이 말했다…… "전혀 없으시다? — 이름이 어떻게 되시죠?"

토니오 크뢰거가 대답했다.

"사실인 거 맞죠?!" 라고 경찰관은 물으며, 몸을 쫙 펴더니 갑자기 콧구멍을 최대한 넓게 벌렸다……

"틀림없는 사실입니다" 토니오 크뢰거가 대답했다.

"대체 직업이 뭡니까?"

토니오 크뢰거는 침을 꿀꺽 삼키고 단호한 목소리로 자신의 직업을 말했다. — 그러자 제하제 씨가 고개를 들고 호기심에 차서 그의 얼굴을 올려다보았다.

"흠!" 경찰관이 말했다. "당신은 이 녀석과 동일인이 아니라고 진술하는데, 그 이름이 — " 그는 "녀석"이라고 했다. 경찰관은 여러 나라 글자로 쓴 서류에서 아주 복잡하고 환상적인 이름의 철자를 하나하나 읽어 내려갔다. 그 이름은 여러 종족의 소리가 기묘하게 섞인 것 같았다. 토니오 크뢰거는 듣자마자 곧바로 잊어버렸다. "– 이 자는" 그가 계속 말했다. "부모도 알 수 없고, 신분도 불확실하고, 수많은 사기 행각에다 기타 범죄 행위 때문에, 뮌헨 경찰이 쫓고 있는데, 아마 덴마크로 도피 중이라죠?"

"저는 그자가 아니라고 진술할 뿐입니다" 토니오 크뢰거는 말했고, 신경질적으로 어깨를 으쓱해 보였다 — 이런 몸짓이 그들에게 더욱 수상쩍은 인상을 주었다.

"뭐라고요? 아, 그래요, 물론, 그러시겠죠!" 경찰관이 말했다. "그러나 당신 또한 전혀 아무것도 제시할 수 없지 않습니까!"

제하제 씨가 두 사람을 진정시키며 중간에 끼어들었다.

"이 모든 건 형식일 뿐이랍니다" 그가 말했다. "그 이상도 그 이하도 아니에요! 경찰관님도 그저 자신의 직무수행을 충실히 하고 있다고 생각해 주셔야 합니다. 당신이 어떻게든 신분을 증명할 수 있다면…… 무슨 서류로라도……"

모두 침묵했다. 내가 누구라고 밝히며 이 일을 끝내야 할까? 제하제 씨에게 나는 신원 불명의 사기꾼도 아니고, 초록 마차를 타고 다니는 집시 출신이 아니라, 크뢰거 영사의 아들, 크뢰거 집안 출신이라고 털어놓아야 할까? 아니, 그러고 싶지 않다. 그렇지만 시민사회의 질서를 준수하려는 이 사람들의 말이 근본적으로 조금은 옳지 않은가? 어느 정도까지는 그들의 말에 완전히 동의하여서…… 어깨를 으쓱하며 입을 다물었다.

"그런데 그건 뭡니까?" 경찰관이 물었다. "거기, 서류 가방 속에 든 것 말이에요."

"이거요? 아무것도 아닙니다. 교정쇄입니다" 토니오 크뢰거가 대답했다.

"교정쇄요? 그런 건 왜? 어디 한번 봅시다."

그래서 토니오 크뢰거는 그에게 자신의 원고를 건넸다. 경찰관은 그것을 탁자 위에 펼쳐놓고 읽기 시작했다. 제하제 씨도 가까이 다가가서 함께 읽었다. 토니오 크뢰거는 그들의 어깨 너머로 흘끗 쳐다보며, 두 사람이 어느 부분을 읽고 있는지 살폈다. 그가 뛰어난 솜씨를 발휘하여 핵심을 찌르고 효과적으로 마무리했던 좋은 대목이었다. 그는 흡족했다.

"보세요!" 그가 말했다. "거기 제 이름이 있잖아요. 제가 그걸 썼고, 곧 출판될 겁니다, 이해하시겠죠."

"이제, 충분합니다!" 제하제 씨가 단호하게 말했다. 그리고 원고들을 한데 모아, 잘 접어서 되돌려 주었다. "충분해 보이네, 페터젠!" 그는 짧게 반복하며, 눈을 슬쩍 찡긋해 보이고 이제 그만하라는 듯 고개를 흔들었다 "이 신사분을 더 이상 붙잡아 두어서는 안 되네. 마차가 기다리고 있지 않나. 손님, 잠시라도 가시는 길에 방해가 되어, 대단히 죄송합니다. 공무원은 그저 임무를 수행하였을 뿐이죠. 그렇지만 저는 아예 처음부터 찾는 방향이 잘못되었다고 말했답니다……"

과연 그랬을까? 토니오 크뢰거는 생각했다.

경찰관은 완전히 동의하는 것 같지는 않았다. 아직도 '녀석', '제시' 운운하면서 이의를 제기했다. 하지만 제하제 씨는 거듭 유감을 표하며, 자신의 손님을 입구의 홀로 안내하여 두 개의 사자상 사이를 지나 마차까지 배웅했다. 그리고 손님이 마차에 오르자 경의의 표시로 직접 문을 닫아주었다. 그러고 나서 우스꽝스럽게 높고 넓은 마차는 삐꺽삐꺽 덜컹덜컹 요란한 소리를 내며 항구를 향해 가파른 골목길 아래로 굴러 내려갔다……

이것이 토니오 크뢰거가 고향 도시에 머물면서 겪었던 기이한 경험이었다.

7

밤이 찾아왔다. 토니오 크뢰거가 탄 배가 넓은 바다에 들어서
자, 달은 이미 높게 솟아올라 은빛 물결로 출렁이고 있었다. 바
람이 점점 거세지자, 그는 외투로 몸을 감싸고 뱃머리 돛대 곁
에 서서, 저 아래 어둠 속에서 강하고 매끄러운 파도 물결이 밀
려왔다 밀려 나가는 모습을 내려다보았다. 파도는 서로 뒤엉
켜 흔들리고, 철썩거리며 부딪히고, 예기치 못한 방향으로 갈
라져 쏜살같이 밀렸다가 갑자기 거품투성이가 되어 반짝였
다……

그네를 탄 것 같은 잔잔한 환희가 그의 마음에 차올랐다. 그렇
지만 기분은 조금 가라앉아 있었다. 고향에서 사기꾼으로 체
포될 뻔한 사건 때문이었다. 정말이지, — 하기야 그 정도는 일
어날 수 있는 일이라 생각했다. 그리고 배에 올라, 소년 시절에
가끔 아버지와 그랬던 것처럼, 그는 짐들이 배로 옮겨지는 광
경을 지켜보았다. 인부들은 덴마크어와 북독일 사투리가 뒤섞
인 소리로 외치며 증기선 깊숙이 화물칸을 채워 넣었다. 토니
오는 짐짝이나 궤짝 외에도, 어쩌면 함부르크에서 와서 덴마
크 어느 서커스단으로 가는 것이 확실해 보이는 북극곰과 벵골
호랑이가 굵은 쇠창살 우리에 갇혀 아래 칸으로 옮겨지는 광
경도 보았다. 이러한 광경들이 그의 기분을 풀어주었다. 그리

고 배가 강을 따라 평평한 강변 사이를 미끄러져 내려가자, 그는 경찰관 페터젠의 검문 따위를 완전히 잊어버렸다. 오히려 그전에 일어났던 모든 것, 그날 밤에 꾸었던 달콤하고 슬프고 후회에 가득 찼던 꿈들, 즐거웠던 산책, 호두나무의 모습이 그의 영혼 속에서 다시 강렬하게 되살아났다. 마침내 바다가 펼쳐지자, 그는 소년 시절 바다의 여름 꿈을 엿들었던 그 해변을 먼 곳에서 보았다. 등대의 불빛과 부모님과 함께 묵었던 휴양지 호텔의 불빛도 보았다…… 발트해! 그는 아무런 방해도 받지 않고 자유롭게 불어오는 소금기 많은 세찬 바닷바람을 향해 고개를 들었다. 바람이 그의 귀를 휩싸고 돌며, 가벼운 현기증과 얼얼한 마비를 일으켰다. 그런 속에서 온갖 나쁜 일, 고통과 방황, 의지와 노력에 관한 기억들이 은총을 받은 듯 사라졌다. 그러면서 그의 주위를 맴돌며 쏴쏴, 찰싹거리면서 거품을 만들어내는 씩씩대는 소리에서, 오래된 호두나무의 쏴쏴, 삐걱거리는 소리와 정원 문의 끽끽거리는 소리를 듣고 있다는 착각을 했다…… 점점 더 어두워졌다.

"세상에, 별들을, 저 별들을 좀 보세요" 갑자기 커다란 통 속에서 울려 나오는 것 같은 굵직한 목소리가 노래하듯 말했다. 그는 이미 이 목소리를 알고 있었다. 붉은 금발에 수수한 옷차림을 한 남자의 목소리로, 눈은 충혈된 데다 방금 목욕을 끝마친 사람처럼 차고 축축한 모습이었다. 그는 선실에서 저녁식사를 할 때 토니오 크뢰거 옆에 앉았는데, 소심하고 겸손한 동작으로 바닷가재 오믈렛을 놀랍도록 많이 먹어 치웠다. 지금은 토니오 곁의 난간에 기대어 서서 하늘을 올려다보며, 엄지손가락과 집게손가락으로 자신의 턱을 쓰다듬고 있었다. 그는 사람들 사이를 가로막던 장벽이 무너져 낯선 사람에게도 마음이 열리며 평소에는 부끄러워 숨겼던 것을 말할 수 있을 것 같은, 축제 때와 같은 평온하고 야릇한 기분에 젖어 있는 것이 분명했다……

"선생님, 저 별들을 좀 보세요. 저기서 반짝이네요. 원, 세상에, 하늘이 온통 별천지예요. 그런데 말입니다. 우리가 저 위를 올려다보며, 저 별들 중 많은 별은 우리 지구보다 수백 배는 더 크다는 생각을 한다면, 그때 기분은 어떨까요? 우리 인간이 전보를 발명했고, 우리가 전화를, 그 밖에 새로운 시대의 대단히 많은 성과물을, 맞아요, 그런 것들을 누리고 있습니다. 그런데 말이죠. 저 위를 올려다보면 사실 우리는 벌레, 불쌍한 벌레일 뿐, 더는 아무것도 아니라는 인식을 하게 되며 인정하지 않을 수 없어요 — 선생님, 제 말이 맞습니까, 틀립니까? 그렇습니다, 우리는 벌레에 불과합니다!" 그는 자신의 질문에 스스로 답하고, 겸허하게 뉘우치는 듯 하늘을 올려다보며 고개를 끄덕였다.

아…… 안 되겠네, 이 친구는 문학과 거리가 멀어! 토니오 크뢰거는 생각했다. 그러자 곧바로 최근에 읽었던 유명한 프랑스 작가의 기고문이 떠올랐다. 그것은 우주론적이고 심리학적인 세계관에 관한 정말 세련된 잡담이었다.

그는 젊은이의 깊은 체험이 담긴 의견에는 어정쩡한 답변을 해주었다. 그러고 나서 그들은 난간에 기대서서 거친 파도에 반짝이는 밤바다를 내려다보며 계속 이야기를 나누었다. 그는 함부르크 출신의 젊은 상인으로 휴가를 이용해 이런 유람을 즐기는 중이었다……

"어디 한번" 그가 말했다. "증기선을 타고 코펜하겐까지 가보지 뭐, 저는 그렇게 생각했답니다. 그리고 여기에 이렇게 서 있네요. 지금까지는 아주 좋았어요. 그런데 그놈의 바닷가재 오믈렛, 그건 옳은 결정이 아니었죠. 선생님, 두고 보십시오. 선장님이 직접 하는 말을 들었는데, 오늘 밤에 폭풍우가 칠 거래요. 그런데 소화하기 힘든 그런 음식을 뱃속에 넣고 있다니, 즐겁지가 않습니다……"

토니오 크뢰거는 은근히 그에게 호감을 느끼며, 바보 같지만 싫지는 않은 그의 말에 귀를 기울였다.

"맞습니다" 그가 말했다. "이곳 북쪽에선 대체로 아주 무겁게들 식사를 하죠. 그러면 게을러지고 우울해진다는데."

"우울해진다고요?" 젊은이가 되풀이해 묻더니 어리둥절한 표정으로 토니오를 살펴보았다…… "선생님은 이 고장 분 아니시죠?" 갑자기 그가 물었다……

"아, 네, 저는 멀리서 왔습니다!" 토니오 크뢰거는 모호하면서도 부정하는 듯한 팔 동작을 하면서 대답했다.

"그런데 선생님 말씀이 맞아요" 젊은이가 말했다. "하느님 맙소사, 우울해진다는 그 말씀, 맞습니다. 저는 거의 언제나 우울해요. 오늘처럼 하늘에 별들이 총총한 이런 밤은 특히 더 그렇답니다." 그리고 그는 다시 엄지손가락과 집게손가락으로 턱을 괴었다.

이 친구는 분명 시를 쓸 거야, 토니오 크뢰거는 생각했다. 아주 정직한 느낌을 담은 상인의 시를……

저녁이 깊어졌다. 바람이 아주 세차게 불어서 이제는 대화를 방해했다. 그래서 그들은 조금이라도 잠을 청하기로 하고, 서로 잘 자라는 인사를 나누었다.

토니오 크뢰거는 선실의 좁다란 침대 위에 온몸을 쭉 뻗었다. 그러나 마음이 안정되지 않았다. 세찬 바람과 그 바람에 실려 오는 쌀쌀한 냄새가 이상하게 그를 흥분시켰고, 그의 가슴은 뭔가 달콤한 것에 대한 불안한 기대로 안정을 찾지 못했다. 배가 가파른 파도 꼭대기에서 미끄러져 내려올 때나 스크루가 물 밖에서 마치 경련이라도 일으킬 것처럼 겉돌 때 생기는 흔들거림 때문에, 심한 구토가 일어났다. 그는 옷을 다시 갖춰 입고 갑판 위로 올라갔다.

구름들이 빠른 속도로 달을 스쳐 지나갔다. 바다가 춤추고 있어서, 둥글고 고른 파도들이 일정하게 밀려오지 못했다. 바다는 저 멀리 희미하고 가물거리는 달빛 속에서 찢기고 채찍질당해 산산조각으로 부서져 뒤범벅이 되고, 불꽃같이 뾰족한 어마어마하게 큰 혓바닥 모양이 되어 솟아올랐다. 바다는 거품이 부글거리는 깊은 물구덩이 옆에서 톱니 모양의 세상 것 같지 않은 형체를 만들어내고, 엄청난 힘을 가진 거대한 두 팔을 미친 듯이 휘둘러서, 물거품을 사방으로 내동댕이치는 것처럼 보였다. 배는 힘든 항해를 하고 있었다. 부딪히고 흔들리고 신음하면서, 광란 속을 헤쳐가고 있었다. 때때로 배 밑바닥에서 뱃멀미로 고통스러워하는 북극곰과 호랑이의 울부짖음이 들려왔다. 방수 코트를 입고 뒤에 달린 모자를 쓴 남자가 허리띠에 손전등을 차고, 다리를 쫙 벌려 어렵게 균형을 잡으며 갑판 위를 왔다 갔다 했다. 그런데 그 뒤로 함부르크에서 온 젊은이가 몸을 난간 밖으로 잔뜩 내민 채, 음식물을 토해내고 있었다. "맙소사!" 그가 토니오 크뢰거를 알아보자 탁하고 떨리는 목소리로 말했다. "선생님, 저 악천후를 한번 좀 보세요!" 그러나 다음 순간, 그는 말을 이어가지 못하고 급히 몸을 돌려야 했다.

토니오 크뢰거는 팽팽하게 쳐놓은 밧줄 하나를 꼭 붙잡고 걷잡을 수 없이 미쳐 날뛰는 바다의 모든 광경을 지켜보았다. 그의 마음속에선 환호가 북받쳐 올랐고, 그는 이것이 폭풍우와 파도를 압도할 만큼 강력하다고 느꼈다. 그의 마음속에서는 사랑에서 영감을 얻은 바다에 바치는 노래가 울려 퍼졌다. 그대, 내젊은 시절의 거친 벗이여, 우리의 영혼은 다시 한 번 하나가 되었다네…… 그러나 그 시는 거기에서 끝나버렸다. 그것은 완성되지도, 형식적으로 마무리되지도 않았고, 차분하게 하나의 완전체로 다듬어지지도 않았다. 그의 심장이 살아 있었기에……

그는 그렇게 오랫동안 서 있었다. 그런 다음에 작은 선실을 따라 놓여 있는 벤치에 몸을 쭉 펴고 누워, 별이 반짝이는 하늘을 올려다보았다. 심지어 잠시 선잠에 빠지기도 했다. 가끔 차가운 물거품이 얼굴에 튀었지만, 그것은 반쯤 잠들어 있는 그에겐 마치 애무처럼 느껴졌다.

수직으로 곧게 뻗은 흰색 바위가 달빛 속에서 유령처럼 나타나 점점 더 가까이 다가왔다. 그것은 �뫼 섬이었다. 그 사이로 또다시 선잠이 몰려왔다. 소금기를 머금은 물보라가 쏟아져 얼굴이 심하게 따끔거리고 몸이 뻣뻣하게 마비되면 잠시 깨어나기도 했다…… 그가 완전히 잠에서 깨어났을 땐 이미 날이 밝아서, 환한 회색빛의 상쾌한 아침이었다. 초록빛 바다는 한결 잠잠해져 있었다. 아침식사에서 젊은 상인을 다시 만났는데, 그는 심하게 낯을 붉혔다. 아마 어둠 속에서 그토록 시적이고 부끄러운 말들을 쏟아낸 것이 아무래도 창피했던 모양이었다. 그는 다섯 손가락을 모두 써서 얼마 안 되는 불그레한 콧수염을 쓰다듬어 올렸다. 그리고 토니오에게 군인처럼 짧고 간결한 아침 인사를 건네고는 소심하게 그를 피해 갔다.

드디어 토니오 크뢰거는 덴마크에 도착했다. 코펜하겐에 체류하면서 팁을 원하는 표정을 짓는 사람 모두에게 팁을 주었다. 그는 호텔 방에서 나와 여행 소책자를 펼쳐 들고는 3일 동안 시내 이곳저곳을 다니며 마치 더 많은 것을 알고 싶어 하는 제대로 된 외국인처럼 행동했다. 왕의 광장과 그 가운데에 서 있는 '말' 조각상을 보았고, 성모 마리아 성당의 기둥들을 주의 깊게 올려다보았으며, 토르발센의 고상하고 사랑스러운 조각상 앞에 오랫동안 서 있다가 둥근 탑에 올라가 보기도 하고, 여러 성을 구경하며 티볼리에서 다채로운 이틀 밤을 보냈다. 그런데 그가 보았던 것은 정작 이러한 것만은 아니었다.

이 도시의 몇몇 집은 고향 도시의 낡은 집과 완전히 똑같은 모습이었다. 활처럼 둥글게 휘고 사다리 모양으로 층이 진 합각 지붕까지 똑같았다. 이 집들 문패에서는 그가 옛날부터 익히 잘 알고 있던 이름들도 발견했다. 그 이름들은 그에게 부드럽고 귀중한 무언가를 일러주는 듯했다. 그러면서 동시에 잃어버린 것에 대한 질책, 한탄, 그리움 같은 것을 포함하고 있었다. 그리고 느릿느릿 사색에 잠긴 호흡으로 축축한 바다 공기를 마시며 이곳저곳을 돌아다니는 동안, 토니오는 어디에서나 지극히 파란 눈, 지극히 밝은 금발을 보았다. 그들 같은 유형이나 생김새는 그가 고향 도시에서 보낸, 그날 밤에 이상하게 아프도록 후회하며 꿈속에서 보았던 그 모습과 똑같았다. 넓은 거리에서 마주친 시선 하나, 단어의 울림 하나, 웃음 하나가 그의 뼛속까지 깊이 파고들었다……

그는 이 활기찬 도시에서 더 이상 견디기 힘들었다. 추억과 기대가 반반씩 섞인 달콤하면서도 어리석은 불안감이 그의 마음을 휘저었다. 정신없이 돌아다니는 관광객 노릇을 그만두고 어딘가 조용한 해변에 누워 지냈으면 좋겠다는 생각을 했다. 그래서 어느 흐린 날에 (바다는 검푸른 색이었다) 그는 다시 배를 타고 북쪽으로 셸란 섬의 해안을 따라 헬싱외르로 올라갔

다. 헬싱외르에서는 곧바로 마차를 타고 국도를 따라 여행을
계속했다. 해수면보다 약간 위로 올라온 길을 따라 45분가량
달리자, 여행의 종착지이자 원래의 목적지에 도착했다. 그곳
은 초록색 덧창문이 달린 작고 하얀 호텔로 낮은 주택가 단지
한가운데 있었고, 나무 지붕 탑이 있는 그곳에서는 외레순 해
협과 스웨덴 해안이 내려다보였다. 그는 마차에서 내려, 그를
위해 마련해 둔 밝은 방에 들어, 가지고 온 물건들로 선반과 옷
장을 채우고 당분간 여기에서 지낼 준비를 마쳤다.

8

어느덧 9월이 다가와 있었다. 올스고르에는 손님이 많지 않았
다. 1층에는 들보로 천장을 장식한 커다란 식당이 있었고, 그
곳의 높은 창을 통해 유리 베란다와 바다가 내다보였다. 식사
시간에는 호텔 여주인이 매니저 역할을 했다. 그녀는 아주 밝
은 금발, 옅은 회색 눈, 연분홍의 볼을 가진 노처녀로 절제 없
이 새처럼 재재거렸다. 항상 불그스름한 손을 하얀 식탁보 위
에 올려놓고, 조금이라도 돋보이게 맞잡으려 애를 썼다. 은회
색의 선원 수염, 검푸른 얼굴을 한 목이 짧은 신사도 그곳에 있
었다. 그는 코펜하겐에서 온 생선 상인으로 독일어에 능통했
다. 코가 꽉 막히고 뇌졸중 증상이 있어 보였는데, 호흡이 짧

고 고르지 못한 데다 간혹 반지 낀 집게손가락을 높이 들어 한쪽 콧구멍을 누르고 다른 콧구멍을 세차게 킁킁거려 약간의 공기를 들이쉬곤 했기 때문이었다. 그런데도 아침식사뿐 아니라 점심식사, 저녁식사 때에도 앞에 놓인 진한 브랜디를 언제나 너무 많이 마셨다. 그리고 키 큰 미국 소년 세 명이 집사인지 가정교사인지 알 수 없는 남자와 함께 지내고 있었다. 그는 말없이 안경을 고쳐 쓰는 버릇이 있었고, 낮에는 아이들과 축구를 하였다. 소년들은 붉은색 어린 금발 한가운데로 가르마를 타고, 시무룩하며 무표정한 얼굴이었다. "거기 소시지 같은 것 좀 주세요!" 한 아이가 영어로 말했다. "그건 소시지가 아니라 햄이라니까!" 다른 아이가 말했다. 소년들과 가정교사가 나누는 대화도 이 정도 수준이 전부였다. 그 밖에는 말없이 앉아 뜨거운 물을 마셨다.

그렇다고 토니오 크뢰거가 이들과 다른 부류의 손님들이 식탁에 합류하기를 원한 적은 없었다. 그는 자신의 평화를 즐겼다. 가끔 생선 상인과 여주인이 대화할 때 들리는 덴마크어의 후두음, 밝고 어두운 모음들에 귀를 기울였고, 이따금 생선 상인과 날씨에 관한 짧은 의견을 교환한 후 혼자 일어나 베란다를 통해, 이미 긴 아침 시간을 보냈던 바닷가로 다시 내려갔다.

그곳은 간혹 조용한 여름철 같기도 했다. 바다는 잔잔하여 평온하게 쉬고 있었고, 파란색, 유리병의 초록색, 그리고 붉은색의 줄무늬가 보이는 수면 위로는 은빛으로 빛나는 반사광이 반짝거렸다. 해초는 햇볕을 받아 건초로 변해 있었고, 해파리가 사방에 널려 말라가고 있었다. 약간 썩은 냄새도 났고, 약간 타르 냄새도 났는데, 그것은 토니오 크뢰거가 모래 위에 앉아 등을 기대고 있던 고기잡이배에서 나는 냄새였다 — 그의 눈은 스웨덴 해안 쪽이 아닌, 드넓게 펼쳐진 수평선 쪽을 향해 있었다. 바다의 나지막한 숨결이 모든 것을 맑고 신선하게 어루만지며 스쳐 지나갔다.

그리고 잿빛의 폭풍우가 몰아치는 날도 찾아왔다. 파도가 마치 뿔로 들이받으려는 성난 황소처럼 머리를 숙이고 해변을 향해 미쳐 날뛰듯이 돌진해 왔고, 해변은 높은 안쪽까지 파도에 씻기면서 물에 젖어 반짝이는 해초와 조개들, 파도에 떠밀려 온 나무 조각들로 뒤덮였다. 구름으로 뒤덮인 하늘 아래에는 길게 뻗은 파도의 골짜기들이 연초록의 거품을 머금고 쭉 펼쳐져 있었다. 그러나 구름 뒤로 태양이 떠 있는 저쪽은 마치 물 위에 하얀 벨벳을 깔아놓은 것처럼 반짝였다.

토니오 크뢰거는 바람 속에 서서 쏴쏴 하는 소리에 휩싸인 채, 자신이 그토록 사랑하는 영원하고 묵직하고 귀를 먹먹하게 하는 포효 속으로 가라앉고 있었다. 그러다 몸을 돌려 그곳을 떠나려 하면, 별안간 주위가 아주 조용해지며 따뜻해지기까지 했다. 하지만 그는 등 뒤에 바다가 있다는 걸 알고 있었다. 바다는 소리쳐 부르고 그를 유혹하고 그에게 인사했다. 그러면 그는 미소 지었다.

초원 위로 난 외딴 길을 따라 그는 육지 안쪽으로 걸어갔다. 그러자 곧 언덕을 이루며 그 주변 지역까지 넓게 펼쳐진 너도밤나무 숲이 그를 맞이했다. 이끼 낀 땅 위에 앉아 나무에 등을 기대자, 그제야 그는 나무줄기들 사이로 바다의 한 부분을 볼 수 있었다. 간간이 부서지는 파도 소리가 바람에 실려 왔다. 그것은 마치 먼 곳에서 널빤지들 더미가 와르르 무너져 내리는 소리 같았다. 나무 꼭대기에서는 까마귀들이 쉰 소리로 처량하고 외롭게 울었다…… 그는 무릎 위에 책을 펼쳐놓았다. 하지만 한 줄도 읽지 못하고, 깊은 망각의 상태, 시간과 공간을 초월하여 구원받은 듯 둥둥 떠다니는 그런 상태를 즐겼다. 단지 아주 잠깐이긴 했지만, 어떤 아픔이 그의 가슴을 쿡쿡 찌르는 것 같았다. 그것은 그리움이나 회한 같은, 잠시 스치는 찡한 감정이었는데, 그는 너무 나른하고 깊이 생각에 빠져 그것이 어떤 감정이고 어디에서 왔는지 따져 묻지 않았다.

그렇게 여러 날이 지나갔다. 며칠이 흘렀는지 말할 수 없었고, 알고 싶은 욕구도 없었다. 그러던 어느 날 뭔가 중요한 일이 벌어졌다. 해가 하늘 높이 떠 있고 사람들이 모여 있을 때 벌어진 일이었는데, 토니오 크뢰거가 그토록 화들짝 놀란 적은 한 번도 없었다.

그날 아침은 축제 같은 황홀한 분위기로 시작되었다. 토니오 크뢰거는 아주 일찍, 너무나 갑자기 눈을 떴다. 그는 미세하지만 확실하지 않은 공포에 휩싸인 채 잠에서 깨어 벌떡 일어나 어떤 기적을, 신비로운 조명이 비추는 어떤 마술을 들여다보고 있다고 생각했다. 그의 방은 유리문과 발코니가 해협을 향해 있었다. 침실과 거실을 나누는 흰색의 얇은 망사 커튼, 부드러운 색의 벽지, 가볍고 밝은 가구들이 놓여 있어, 방은 늘 환하고 친근한 인상을 주었다. 그런데 아직 잠에 취해 있던 눈에 비친 방은 이 세상이 아닌 듯 환상적으로 빛나고 있었다. 차츰차츰 이루 말할 수 없이 아름답고 향기로운 장밋빛으로 물들어가더니, 벽과 가구들은 황금빛으로, 망사 커튼은 부드럽게 타오르는 붉은빛으로 바뀌어갔다…… 토니오 크뢰거는 무슨 일이 벌어지고 있는지 한참 동안 이해하지 못했다. 그러다 유리문 앞에 서서 밖을 내다보는 순간, 그것이 막 떠오르는 태양 때문이라는 것을 알게 되었다.

며칠 동안 날이 흐리고 비가 왔다. 그런데 하늘은 이제 연파랑 비단을 팽팽하게 펼쳐놓은 듯 바다와 땅 위에서 청명하게 빛나고 있었다. 둥근 태양이 붉고 황금빛으로 투시된 구름에 가려지거나 둘러싸인 채 반짝이며 물결치는 바다 위로 장엄하게 솟아오르고 있었다. 그리고 바다는 그런 태양 아래에서 전율하며 발갛게 달아오르는 것 같았…… 그날은 그렇게 시작되었다. 토니오 크뢰거는 들뜨고 행복한 마음에 서둘러 옷을 차려입고, 누구보다 먼저 아래층 베란다로 내려가 아침식사를 했다. 그리고 해수욕 때 사용하는 목조 오두막에서 해협 쪽으로 얼마간 헤엄쳐 나갔다가 돌아와 한 시간 정도 바닷가를 산책했다. 그가 돌아왔을 때, 호텔 앞에는 승합 마차 여러 대가 서 있었다. 식당에서 내다보니, 옆방의 피아노가 있는 그곳, 살롱뿐만 아니라 그 앞의 베란다와 테라스에도 사람들이 북적댔다. 소시민 복장을 한 그들은 둥근 탁자에 둘러앉아 활기차게 대화하며 버터를 바른 빵과 맥주를 즐기고 있었다. 온 가족이 함께 왔는지 노인과 젊은이, 심지어 몇 명의 어린아이들도 보였다.

두 번째 아침식사 자리에서 (식탁에는 차가운 음식인 훈제 고기, 소금에 절인 음식, 구운 과자 등이 푸짐하게 차려져 있었다) 토니오 크뢰거는 무슨 일이냐고 물었다.

"손님들이죠!" 생선 상인이 말했다. "헬싱외르에서 야외 나들이 왔는데 무도회를 열거래요! 이거 참, 그런 일은 없어야겠지만, 오늘 밤, 잠을 잘 수 없겠어요! 춤판이 벌어져서, 춤과 음악으로, 너무 늦게까지 시끄럽지 않을까 걱정이 됩니다. 가족 모임인데 야외 나들이에 무도회까지 겸하고 있다니, 한 마디로 예약 주문 그런 비슷한 걸 한 셈이죠. 날이 좋아 즐겁게들 지내겠어요. 모두 보트와 마차를 타고 와, 지금은 아침식사 중이랍니다. 조금 있다 마차를 타고 좀 더 시골 쪽으로 들어간다던데, 저녁에는 다시 돌아와 여기 이 홀에서 무도회를 열 거래요. 에이 빌어먹을, 우리는 눈도 못 붙이게 생겼는데……"

"멋진 기분전환이 되겠네요" 토니오 크뢰거가 말했다.

그 뒤로 꽤 오랫동안 침묵이 흘렀다. 여주인은 그녀의 붉은 손가락을 가지런히 놓았고, 생선 상인은 약간의 공기를 들이마시기 위해 오른쪽 콧구멍을 세차게 킁킁거렸다. 그리고 미국인들은 뜨거운 물을 마시며 지루한 얼굴을 하고 있었다.

그때 갑자기 놀라운 일이 일어났다. *한스 한젠과 잉에보르크 홀름이 홀을 가로질러 갔다.*─

토니오 크뢰거는 수영을 하고 빠른 걸음으로 산책을 한 터라 기분 좋은 피로감으로 의자에 기대앉아, 연어를 얹은 토스트를 먹고 있었다 ─ 그가 앉아 있는 방향은 베란다와 바다를 향해 있었다. 그런데 갑자기 문이 열리더니, 두 사람이 손을 잡고 들어왔다 — 천천히 서두르지 않고. 잉에보르크, 금발의 잉에는 크나크 씨의 댄스 교습 때 늘 그랬던 것처럼 밝은 색 옷을 입고 있었다. 가벼운 꽃무늬 원피스는 복사뼈까지 닿았고, 어깨에는 폭넓은 하얀 망사 레이스를 둘렀는데, V 자로 파여서 그녀의 부드럽고 매끄러운 목이 드러났다. 모자는 양쪽 끈이 잡아매어진 채 그녀의 한쪽 팔 위에 걸려 있었다. 그녀는 예전보다 조금 더 어른스러워진 것 같았고, 보기 좋게 땋은 머리카락은 이제 머리 위에 빙 둘려져 있었다. 그러나 한스 한젠은 예전과 똑같았다. 금빛 단추가 달린 해군용 반코트를 입었고, 넓고 파란 깃이 어깨와 등을 덮고 있었다. 그는 짧은 리본이 달린 선원 모자를 축 늘어뜨린 손에 들고 조심성 없게 이리저리 흔들고 있었다. 잉에보르크의 길쭉한 실눈은 다른 곳을 보고 있었는데, 아마도 아침식사를 하며 그녀를 바라보는 시선들이 조금 당황스러운 듯했다. 하지만 한스 한젠은 이 세상 어느 것도 거리낄 것 없다는 듯 고개를 똑바로 세우고 식탁 쪽을 바라보며, 강철처럼 파란 눈으로 도전적이고 약간은 경멸을 담아, 한 사람 한 사람 유심히 쳐다보았다. 그는 심지어 잉에보르크의 손을 놓고 그의 모자를 이리저리 더욱 세게 흔들었는데, 그가 얼마나 대단한 남자인가를 보여주려는 듯했다. 이렇게 그들 두 사람은 고요하고 푸르른 바다를 배경으로 토니오 크뢰거의 눈앞을 지나, 홀을 길게 가로질러 맞은편 문을 통해 피아노가 있는 홀로 사라졌다.

이것은 오전 11시 30분에 일어난 일이었다. 요양객들이 아직 아침식사 중이었기 때문에, 옆방과 베란다에 있던 그들 일행은 자리에서 일어나자 한 명도 식당으로는 들어오지 않고, 열려 있던 옆문을 통해 호텔 밖으로 빠져나갔다. 바깥에서 그들이 농담을 나누고 웃음을 터뜨리며 마차에 오르는 소리가 들렸고, 마차가 차례로 삐걱거리며 도로 위를 굴러가는 소리도 들렸다……

"그러니까 저들이 다시 온다는 거죠?" 토니오 크뢰거가 물었다……

"그렇다니까요!" 생선 상인이 말했다. "고약한 일이죠! 당신도 아셔야 하는 건, 저 사람들이 악단을 오게 했다는 거예요. 그런데 난, 여기 이 홀 위에서 자야만 하다니."

"멋진 기분전환이 되겠네요" 토니오 크뢰거가 같은 말을 반복했다. 그러고 자리에서 일어나 홀을 떠났다.

그는 그날도 다른 날과 마찬가지로 해변과 숲에서 시간을 보냈다. 책을 무릎 위에 올려놓고 실눈으로 태양을 바라보았다. 머릿속엔 오로지 한 가지 생각뿐이었는데, 그것은 생선 상인이 장담했던 대로 그들이 돌아와 홀에서 열게 될지도 모를 무도회였다. 아무것도 손에 잡히지 않았다. 그저 죽어지내야만 했던 긴 세월 동안 한 번도 맛보지 못했던 몹시 불안하고 달콤한 기쁨에 들떠 있었다. 한번은, 생각이 꼬리에 꼬리를 물다, 먼 곳에 사는 지인인 아달베르트, 그 소설가가 불현듯 떠올랐다. 그는 자신이 원하는 것을 알고 있었다. 그래서 봄기운을 피해 카페로 갔었다. 그는 아달베르트를 생각하며 어깨를 으쓱했다……

그는 평소보다 일찍 점심을 먹으러 내려갔다. 저녁도 마찬가지로 평소보다 일찍, 피아노 방에서 먹어야 했다. 홀에서는 벌써 무도회 준비가 한창이어서, 모든 것이 축제 같은 분위기에서 어수선했기 때문이었다. 마침내 날이 저물고 토니오 크뢰거가 방에 앉아 있을 때, 바깥 도로와 호텔이 다시 활기를 띠었다. 야외 나들이객들이 돌아왔다. 아, 그리고 헬싱외르 방향에서도 새로운 손님들이 자전거를 타거나 마차를 타고 도착했다. 호텔 아래층에서는 벌써 바이올린을 조율하는 소리, 코맹맹이로 연습 과정을 끝내는 클라리넷 소리가 들려왔다…… 이 모든 것이 빛나는 무도회가 열리게 될 것을 약속해 주었다.

작은 규모의 오케스트라가 행진곡을 연주하기 시작했다. 음향은 약했으나 요령 좋게 위쪽까지 올라왔다. 폴로네즈로 춤이 시작되었다. 토니오 크뢰거는 조용히 앉아 한참 동안 귀를 기

울렸다. 그러다 행진곡의 빠른 박자에서 왈츠의 박자로 넘어
가자, 그는 자리에서 일어나 소리 없이 방을 빠져나왔다.

그의 방이 있는 복도를 지나 옆 계단으로 내려가면 호텔 옆문
으로 들어갈 수 있었다. 그곳부터는 어떤 방도 지나치지 않고
유리 베란다에 다다를 수 있었다. 그는 마치 금지된 오솔길 위
를 걷듯이, 눈에 띄지 않게 조용조용 발걸음을 옮겼다. 바보 같
지만, 영혼을 흔드는 음악에 저항할 수 없이 이끌려서 조심스
럽게 더듬으며 어둠을 뚫고 나아갔다. 음악 소리가 점점 맑고
또렷하게 들려왔다.

베란다에는 아무도 없었다. 불도 꺼져 있었다. 하지만 눈부신
반사경이 달린 두 개의 커다란 석유등으로 환하게 밝힌 무도회
장으로 들어가는 유리문은 활짝 열려 있었다. 그는 발소리를
죽이고 살금살금 그리로 향해 갔다. 그리고 거기 어둠 속에 몸
을 숨기고 불빛 속에서 춤추는 사람들을 도둑처럼 몰래 훔쳐보
는 즐거움 때문인지, 그의 살갗에 소름이 돋았다. 그는 조급하
고 간절한 마음으로 이리저리 살피며 두 사람을 찾았다……

무도회가 시작된 지 30분도 채 안 되었는데, 이미 흥겨운 축제
분위기가 한껏 무르익은 것 같았다. 그도 그럴 것이 그 사람들
은 온종일 아무 걱정 없이 행복한 시간을 함께 보낸 후에 호텔

로 돌아와서, 이미 들뜨고 흥분해 있었다. 토니오 크뢰거는 몸을 조금만 앞으로 내밀어도 피아노 방을 들여다볼 수 있었다. 나이 지긋한 신사 몇 명이 담배를 피우고 술을 마시며 카드게임을 하고 있었다. 다른 신사들은 부인과 함께 앞쪽의 벨벳 의자에 앉아 있거나 홀의 벽에 기대서서 춤추는 사람들을 구경했다. 그들은 무릎을 조금 넓게 벌리고 그 위에 두 손을 올려놓은 채 기분 좋다는 표현으로 양 볼을 한껏 부풀리고 있었다. 리본이 달린 작은 모자를 머리 꼭대기에 얹어 쓴 어머니들은 가슴 밑에 손을 포갠 채 고개를 비스듬히 기울여 젊은이들이 신나게 즐기는 모습을 구경했다. 무대는 홀의 벽면에 길게 설치되었고, 음악가들은 그곳에서 최선을 다하고 있었다. 심지어 트럼펫 주자도 있었는데, 그는 마치 자신이 내는 소리를 두려워하는 듯이 약간 머뭇머뭇 조심스럽게 연주했다. 그런데도 음이 계속해서 끊기거나 음이탈이 일어나기도 했다…… 남녀가 짝을 이루어 물결치듯 빙글빙글 돌고 있었고, 또 다른 남녀들은 팔짱을 끼고 홀 주위를 이리저리 돌고 있었다. 모두가 무도회 복장이 아니라 여름철 일요일 야외에서 시간을 보낼 때 입는 정도의 옷차림이었다. 신사들은 소도시풍으로 고루하게 재단된 양복을 입었는데 일주일 내내 아껴두었다 입고 나온 티가 났다. 젊은 아기씨들은 밝고 가벼운 옷을 입었는데 코르셋형 조끼의 앞쪽에 작은 들꽃 다발을 꽂고 있었다. 서너 명의 어린아이도 홀에 나와서 그들 나름대로 어울리며 음악이 잠시 멈출

때도 계속 춤을 추었다. 연미복 차림의 다리가 긴 사람이 이번 축제의 매니저이자 무도회의 총감독인 것 같았다. 안경을 쓰고 파마를 한 시골 유지로 우체국 부국장의 신분 정도로, 마치 덴마크 소설에서 현실로 튀어나온 희극적인 인물 같았다. 그는 땀을 뻘뻘 흘리며 바쁘게 돌아다녔다, 그의 일에 영혼을 쏟아부으며 동에 번쩍 서에 번쩍, 일이 많아 죽겠다는 듯이 연미복 꼬리를 휘날리며 홀을 헤집고 다녔다. 그는 발끝을 기술적으로 세워 등장했는데, 코가 뾰족하고 반들거리는 군화를 신은 발을 십자가형으로 엇갈려 딛고서 허공에서 두 팔을 휘저으며 지시를 하고, 악단을 향해 연주하라고 외치며 손뼉을 치기도 했다. 이 모든 순간에 권위의 징표로 그의 어깨 위에 고정된 커다랗고 화려한 나비매듭의 리본들이 등 뒤에서 휘날렸는데, 이따금씩 그는 그것들이 사랑스럽다는 듯 고개를 돌려 바라다보았다.

그랬다, 그들이 거기에 있었다. 오늘 햇빛 속에서 토니오 크뢰거 옆을 지나갔던 그 두 사람이 거기 있었다. 그는 그들을 다시 보았고, 그들을 단번에 알아보고는 너무나 반가워 기절할 뻔했다. 이쪽에, 문 바로 곁에, 그와 아주 가까운 곳에 한스 한젠이 서 있었다. 그는 두 다리를 벌리고 몸을 앞으로 약간 굽혀서 큼직한 카스텔라를 천천히 먹으며, 떨어지는 부스러기를 받으려 손바닥을 턱 밑에 대고 있었다. 그리고 저기 벽 쪽에 잉에보르크 홀름이, 금발의 잉에가 앉아 있었다. 그때 마침, 부국장이 제비 꼬리를 흔들며 그녀에게 다가가 한 손을 등 뒤로 돌리고 다른 손은 우아하게 가슴에 갖다 대고 지극히 정중하게 몸을 굽혀 절을 한 다음 춤을 청했다. 그러나 그녀는 고개를 저으며 숨이 너무 차서 좀 쉬어야겠다는 몸짓을 했다. 그러자 부국장이 그녀 옆에 앉았다.

토니오 크뢰거는 그들을, 그 옛날 그에게 사랑의 고통을 안겨 준 두 사람 — 한스와 잉에보르크를 바라보았다. 그들을 그토록 사랑했던 이유는, 두 사람의 개별적 특성이나 옷차림이 유사했기 때문이 아니었다. 두 사람의 종족과 유형이 같았기 때문이었다. 강철 같은 파란 눈에 금발 머리인 이 빛나는 유형은 순수하고 맑고 명랑한 동시에, 자존심은 강하지만 솔직하고 감히 침범할 수 없는 냉정함을 불러일으켰다…… 그는 그들을 바라보았다. 한스 한젠이 어떻게 옛날과 조금도 다름없이 아주 늠름하고 잘생긴 모습에 딱 벌어진 어깨, 날씬한 허리가 드러나는 해군복풍의 양복을 입고 거기에 서 있는지 보았다. 또 잉에보르크가 어떻게 오만한 방식으로 웃으며 고개를 옆으로 젖히는지, 특별히 가냘프지도 특별히 섬세하지도 않은 소녀의 손을 어떤 방식으로 뒷머리에 갖다 댔을 때, 가벼운 소맷자락이 그녀의 팔꿈치를 타고 미끄러져 내렸는지 보았다, — 갑자기 향수가 그의 가슴을 고통으로 뒤흔들어 놓았다. 그는 아무에게도 얼굴의 경련을 들키지 않으려고, 자기도 모르게 저 멀리 어둠 속으로 물러났다.

내가 너희들을 잊은 적이 있었나? 그가 물었다. 아니, 한 번도 없었다! 너, 한스도, 그리고 너, 금발의 잉에도! 내가 글을 썼던 것도 너희들 때문이었고, 박수를 받을 때도 혹시 너희들이 그 자리에 와 있는 건 아닐까 하여 남몰래 주위를 살펴보았다…… 한스 한센, 지금쯤 너는 너희 정원 문 앞에서 나에게 약속했던 '돈 카를로스'를 읽었니? 읽지 마라! 나는 그것을 너에게 더는 요구하지 않겠어. 외로워서 우는 왕이 너와 무슨 상관이란 말인가? 너의 밝은 눈이 시 구절이나 우울한 것들을 읽으며 흐려지거나 헛된 꿈에 빠져서는 안 돼…… 너와 같을 수 있다면! 처음부터 다시 시작하여 너처럼 올바르고, 명랑하고, 단순하게 규칙에 따라 질서를 지켜 신과 세상과의 일치 속에서 성장한다면! 순수하고 행복한 사람들에게 사랑받으며, 잉에보르크 홀름, 너를 아내로 맞고, 한스 한젠, 너와 같은 아들을 갖는다면! ― 인식하고 창작하는 고통의 저주에서 벗어나 축복받은 일상 속에서 살며, 사랑하며, 찬미한다면!…… 처음부터 다시 시작한다고? 그런들 무슨 소용이 있겠어. 또다시 이렇게 되고 말 텐데 ― 모든 것은 지금까지와 똑같이 되풀이될 거야. 왜냐하면 어떤 사람들에게는 올바른 길이란 아예 존재하지 않으니까, 필연적으로 길을 잃고 말 테니까.

이제 음악이 그쳤다. 휴식 시간이었다. 간식이 나오자, 그 부국장인가 하는 남자가 직접 청어 샐러드가 가득 담긴 쟁반을 들고 바쁘게 돌아다니며 숙녀들을 접대했다. 그러다가 잉에보르크 홀름 앞에서는 심지어 한쪽 무릎까지 꿇고 작은 접시를 건넸다. 그러자 그녀는 너무나 기쁜 나머지 얼굴을 붉혔다.

이제야 홀 안에 있던 사람들이 유리문 너머의 구경꾼에 주의를 기울이기 시작했다. 잘생기고 붉게 상기된 얼굴의 사람들이 그를 낯설어하며 살피기 시작했다. 그래도 그는 자리를 떠나지 않았다. 잉에보르크와 한스도 거의 동시에 그를 흘끗 보았는데, 거의 경멸에 가까울 정도로 완벽하게 무관심한 시선이었다. 그때 갑자기 어디선가 하나의 시선이 그에게 날아와 머무는 것이 느껴졌다…… 고개를 돌렸다. 그의 두 눈이 그 즉시, 방금 그에게 머물렀다고 느꼈던 그 시선과 마주쳤다. 창백하고 갸름하고 섬세한 얼굴을 한 아가씨가 그에게서 멀지 않은 곳에 서 있었다. 그는 조금 전에도 그녀를 의식했었다. 그녀는 별로 춤을 추지 않았고, 신사들도 이상하게 그녀에게 춤을 청하지 않았다. 그는 그녀가 입을 꼭 다물고 외로이 벽에 기대어 앉아 있는 모습을 보았었다. 그녀는 지금도 홀로 서 있었다. 다른 아가씨들처럼 밝고 고운 옷차림이었으나 원피스의 투명한 천 아래로 깡마르고 볼품없는 어깨가 희미하게 드러났다. 야윈 목은 빈약한 두 어깨 사이에 너무나 깊숙이 박혀, 이 조용한 아가씨가 약간 불구처럼 보이기도 했다. 그녀는 얇은 반 장갑을 끼고 있는 두 손을 평평한 가슴에 올려놓아 손가락 끝은 부드럽게 맞닿아 있었다. 그녀가 고개를 숙인 채, 검고 촉촉한 눈으로 토니오 크뢰거를 아래에서부터 올려다보았다. 그는 시선을 돌렸다……

여기, 그와 아주 가까운 곳에, 한스와 잉에보르크가 앉아 있었다. 한스는 어떤 아가씨 옆에 자리를 잡았었는데, 아마도 그의 여동생 같았다. 그들은 볼이 빨개진 또 다른 사람의 자식들에 둘러싸여 먹고 마시고 수다 떨며 즐거워했다. 그리고 울리는 목소리로 서로를 놀려대자 웃음소리가 허공으로 밝게 퍼져나갔다. 내가 그들에게 조금 가까이 갈 수는 없을까? 한스나 잉에에게 방금 떠오른 농담을 한 마디라도 건넨다면, 그들은 적어도 미소로나마 답해야 하지 않을까? 그렇게 된다면 나는 행복할 텐데. 그는 그것을 간절히 원했다. 그렇게만 된다면 나는 두 사람과 하나의 작은 공동체를 이루어냈다는 생각에, 보다 만족스럽게 내 방으로 돌아갈 텐데. 나는 무슨 말을 할 수 있을지 깊이 생각해 보았다. 그러나 말할 용기가 없었다. 정말이지, 지금도 예전과 똑같았다. 그들은 나를 이해하지 못할 것이고, 내가 하려는 말에 귀 기울이기는 하겠지만 불편해할 것이다. 그들의 언어가 나의 언어가 아니었기 때문이었다.

이제 다시 춤이 시작되는 모양이었다. 부국장은 광범위한 역할을 펼쳐나갔다. 그는 이리저리 분주하게 돌아다니며 여러 사람에게 춤 상대를 청할 것을 권유했다. 종업원들의 도움을 받아 의자와 유리잔들을 치우고, 음악가들에게 연주를 시작하라고 명령하고, 어디로 가야 할지 몰라 어정쩡하게 서 있는 몇몇 사람들의 양어깨를 잡고 앞으로 밀어내기도 했다. 무엇을 하려는 걸까? 남녀 네 쌍씩 사각형 모양의 조를 짜고 있었다…… 끔찍한 기억에 토니오 크뢰거의 얼굴이 붉어졌다. 카드리유였다!

음악이 시작되었다. 각각의 쌍이 절을 하고 서로 섞이며 들어갔다. 부국장이 춤을 지휘했다. 그런데 맹세코, 그가 프랑스어로 지휘할 때 냈던 비음은 비할 데 없이 뛰어났다. 잉에보르크 홀름이 토니오 크뢰거 바로 앞에서, 유리문 바로 옆의 조에서 춤을 추었다. 그녀가 그의 앞에 서서, 앞으로 뒤로 걷기도 하고 빙빙 돌기도 하면서, 이리저리 움직였다. 어떤 향기가, 그녀의 머리카락에서인지 원피스의 부드러운 자락에서인지 풍겨와, 때때로 코끝을 스쳐 갔다. 그는 두 눈을 감았다. 어떤 감정이, 그것의 향내와 쓰라린 자극을 옛날부터 너무나 잘 알고 있었지만 지난 며칠 내내 아련하게 느껴지다가, 이제는 달콤한 고통이 되어 다시 그의 마음을 가득 채웠다. 이게 무슨 느낌이지? 그리움? 애정? 질투? 자기 경멸?…… 숙녀들의 선무, 너는 웃었지? 금발의 잉에, 내가 물리네를 추며 그토록 비참한 웃음거리가 되었을 때, 너는 나를 비웃었지? 이제는 내가 제법 유명인사가 된 지금도, 너는 나를 계속 비웃겠지? 그래, 너는 그럴 거야. 삼세번의 기회가 온다 해도 너는 그럴 거야! 내가, 내가 오롯이 혼자서, 아홉 개의 교향곡을 작곡하고 '의지와 표상으로서의 세계'를 쓰고 '최후의 심판'을 완성한다 하더라도, ─ 너의 비웃음은 영원히 정당화될지도 모르겠구나…… 그는 그녀를 바라보았다. 오랫동안 잊고 지냈던, 그러나 아주 친숙하고 친밀했던 시 한 구절이 떠올랐다. "나는 잠을 자고 싶은데, 너는 춤을 추어야겠다고 하네." 그는 이 구절이 말하였던 감정을, 애수에 찬 북쪽 지방의, 진실하지만 서툴고 묵직한 감정을 너무나 잘 알고 있었다. 잠을 잔다는 것…… 그것은 행동하거나 춤을 추어야 한다는 의무감 없이, 달콤하고 느긋하게 자신이 만족하는 감정에 따라 단순하고 온전하게 살기를 갈망하는 것이다 ─ 그런데도 춤을 추어야 한다는 것, 그것은 사랑하는 동안은 춤을 추어야 한다는 것에 담겨 있는 굴욕적인 모순을 한순간도 잊은 적 없이, 어렵고 힘들고 위험한 예술의 칼춤을 날쌔고 침착하게 실행해야만 하는 것이다……

갑자기 홀 전체가 미친 듯이 제멋대로 움직이기 시작했다. 사각형의 조들이 해체되고, 모두가 껑충껑충 뛰면서 미끄러지듯이 사방으로 흩어졌다. 빠른 원무로 카드리유를 끝내려던 참이었다. 여러 쌍의 남녀가 엄청나게 빠른 음악의 박자에 맞춰, 미끄러지듯 발을 재빨리 옮겼다. 급하게 쫓고 쫓기며 숨이 찬 듯 짧은 웃음을 터뜨리며, 토니오 크뢰거의 곁을 날아가듯이 지나갔다. 그때 한 쌍의 남녀가 뛰어다니는 무리 속에서 빙빙 돌다가 총알처럼 퓌옹 소리를 내며 앞으로 튀어나왔다. 아가씨 얼굴은 창백하고 연약했고, 비쩍 마른 어깨가 높이 솟아 있었다. 그러다 갑자기, 바로 그의 앞에서 비틀거리더니 미끄러져 쓰러지는 일이 일어났다…… 그 창백한 아가씨가 넘어졌다. 그녀는 아주 세게 넘어져서 위험해 보이기까지 했다. 남자 파트너도 함께 넘어졌다. 그는 심하게 아팠는지 여자 파트너를 완전히 잊어버리고, 몸을 반쯤 일으키다 말고 얼굴을 잔뜩 찡그린 채 두 손으로 무릎을 비벼대기 시작했다. 아가씨는 넘어지면서 언뜻 보기에도 정신을 완전히 잃었는지, 아직 그대로 바닥에 누워 있었다. 토니오 크뢰거는 그곳으로 걸어 들어가 그녀의 양팔을 부드럽게 잡아 일으켜 세웠다. 그녀는 몹시 지쳐서 어찌할 바 모르는 슬픈 시선으로 그를 올려다보았다. 그런데 갑자기 그녀의 연약한 얼굴에 엷은 홍조가 피어올랐다.

"감사합니다! 오, 대단히 감사합니다!" 그녀가 덴마크어로 말하며 검고 촉촉한 눈으로 그를 올려다보았다.

"아가씨, 이제 춤은 그만 추시는 게 좋겠습니다" 토니오 크뢰 거가 부드럽게 말했다. 그러고 나서 그는 다시 한 번 그들, 한 스와 잉에보르크를 찾아서 쳐다보고는 베란다와 무도회장을 떠나 그의 방으로 올라왔다.

그는 자신이 참여하지도 않은 축제에 흠뻑 빠져 있었고, 질투 때문에 피곤했다. 옛날과 같았다, 옛날과 똑같았다! 뜨겁게 상 기된 얼굴로 어두운 곳에 서서 너희들, 너희 금발들, 활기 넘 치고 행복한 너희들 때문에 고통스러워하다가 쓸쓸히 그 자리 를 빠져나왔다. 지금 누군가 와줘야 하는데! 잉에보르크가 지 금 와줘야 하는데! 내가 거기를 떠난 것을 알아채고, 살며시 뒤 를 따라와 어깨에 손을 올리며 말해줘야 하는데. 우리가 있는 데로 가자! 기분을 풀어! 나는 너를 사랑해!…… 그러나 그녀는 결단코 오지 않았다. 그런 일은 일어나지 않았다. 그래, 그때 와 똑같아. 그러나 그는 그때처럼 행복했다. 그의 가슴이 살아 있었기 때문이었다. 그렇다면 지금 그가 되기까지 그 오랜 세 월 동안 무슨 일이 있었는가? — 무감각, 황폐함, 얼음 같은 냉 정함, 그리고 정신! 무엇보다 예술이 있었다!……

그는 옷을 벗고, 휴식을 취하러 침대에 누웠다. 불을 껐다. 그 는 베개에 대고 두 이름을 속삭였다. 그 북쪽의 순결한 두세 개 의 음절이야말로 그에게는 사랑, 고통, 행복의 근원적 원천 —

삶을 의미했고, 단순하고 진실한 내적 감정 — 고향을 의미했다. 그는 그날로부터 오늘에 이르는 세월을 뒤돌아보았다. 그동안 겪어왔던 관능, 신경, 사유의 황량한 모험들도 생각해 보았다. 반어와 정신에 의해 갉아 먹혀 있었다. 인식으로 황폐해져 마비되고, 창작의 열기와 냉기로 반쯤 소진돼 버린 자신을, 극심한 양극단인 신성과 욕정 사이를 오가며 절제하지 못해 양심의 가책에 시달리며 이리저리 내던져진 그 자신을, 차갑고 인위적으로 끌어올린 흥분 상태로 인해 마모되고 초라해진, 녹초가 되어 길을 잃고 황폐해진, 병들어 고통받는 자신을 보았다 — 그는 회한과 향수에 젖어 흐느껴 울었다.

주위는 조용하고 어두웠다. 하지만 아래층에서 들려오는 삶의 달콤하고 통속적인 삼박자가 나지막이 물결치듯 그에게까지 올라왔다.

9

토니오 크뢰거는 북쪽 나라에 앉아 친구 리자베타 이바노브나에게 약속했던 편지를 썼다.

사랑하는 리자베타, 저 아래 내가 곧 돌아가게 될 아르카디아에 사는 당신, 그는 글을 써 내려갔다. 이제야 편지 비슷한 글을 여기서 씁니다. 그런데 당신, 좀 실망할 것 같아요. 이번 편지가 약간 일반적일 것 같은 생각이 들어서요. 그렇다고 아무것도 이야기할 거리가 없다든가, 아무 일도 겪지 않았다는 것은 아닙니다. 고향에서, 고향 도시에서, 사람들이 나를 체포하려고까지 했답니다…… 하지만 그에 관해서는 직접 듣는 편이 좋겠어요. 요즈음 종종 이야기를 설명하기보다 뭔가 일반적인 것을 선한 방식으로 말해보고 싶은 날들이 있어서요.

리자베타, 언젠가 나를 시민이라고, 길 잃은 시민이라고 불렀던 적이 있는데, 아직도 기억하나요? 내가 전에 다른 고백을 하는 데 푹 빠져서, 나도 모르게 '삶'이라고 부르는 것이 내 사랑이라고 했을 때, 당신이 나를 그렇게 불렀죠. 그런데 그 말이 얼마나 근사하게 진실을 짚어냈는지, 얼마나 근사하게 시민성과 '삶'을 향한 나의 사랑이 하나이자 같은 것임을 짚어냈는지, 당신은 알고 있었을까 궁금합니다. 이번 여행이 그것에 대해 곰곰이 생각해 보는 기회가 되었어요……

나의 아버지는, 아시다시피, 북쪽 기질이셨습니다. 청교도 정신의 사려 깊고, 철저하고, 빈틈없는 성품에, 우울한 성향도 있으셨죠. 나의 어머니는 불분명한 이국적인 피를 물려받으셨습니다. 아름답고, 관능적이고, 순진한 동시에 게으르고, 정열적이고, 충동에 따라 분방하게 사는 분이셨죠. 그 두 분의 결합이 뭔가 특별한 가능성을 — 그러면서도 뭔가 특별한 위험성을 내포하고 있다는 것은 전혀 의심의 여지가 없었어요. 결국은 길 잃고 예술의 세계로 빠져든 시민, 어릴 적 누렸던 훌륭한 가정교육에 대한 향수를 지닌 보헤미안, 양심의 가책을 느끼는 예술가가 거기서 탄생하게 된 것이죠. 왜냐하면 나의 시민적 양심이야말로, 모든 예술성, 모든 탁월함, 모든 천재성 속에 들어 있는 뭔가 아주 모호하고, 아주 불명예스럽고, 아주 미심쩍은 것들을 꿰뚫어 보게 하기 때문이며, 내 마음을 단순하고 진심 어린 것, 편안하고도 정상적인 것, 비천재적이고 예의 바른 것에 대한 각별한 사랑으로 가득 채우기 때문입니다.

나는 두 세계 사이에 서 있어요. 그 어느 세계에도 안주하지 못하여, 그래서 좀 힘이 듭니다. 당신 예술가들은 나를 시민이라고 부르고, 시민들은 나를 체포하려고 했죠…… 어느 쪽이 내 마음을 더 쓰라리게 했는지는 모르겠습니다. 시민들은 어리석고, 당신 미의 숭배자들은 나를 무심하고 그리움이 없다고 하니까요. 그러나 당신들은 저 깊은 곳에서, 태어날 때부터 아예 운명적으로, 일상의 환희를 그리워하는 마음이 그 어느 것보다 더 달콤하고 가장 많이 느낄 만한 가치가 있다고 생각하는 예술가도 존재한다는 것을 잊지 말아야 해요.

위대하고 악마적인 아름다움의 길에서 모험을 즐기며, '인간'을 경멸하는 오만하고 냉정한 사람들을 보면 감탄스러워요 — 그러나 나는 그들을 부러워하지 않습니다. 왜냐하면 단순한 문학가를 위대한 시인으로 만들 수 있는 그 무엇이 있다면, 그것은 인간적이고 활기차고 평범한 것에 대한 시민적 사랑이기 때문입니다. 모든 따뜻함, 모든 선함, 모든 유머는 거기에서 태어납니다. 그래서 나에게 이 사랑은 — 인간의 언어와 천사의 언어로 말할 수 있어도 사랑이 없으면 단지 요란한 징이나 소란한 꽹과리에 지나지 않습니다 — 라고 성경에 적혀 있는 거의 그 사랑 자체인 것처럼 보입니다.

지금까지 내가 해낸 것은 아무것도 없습니다. 별로 많지 않아, 아무것도 아닌 것과 같습니다. 나는 더 나은 것을 만들어보겠습니다, 리자베타 — 이것은 약속입니다. 글을 쓰는 동안에도, 쏴쏴 물결치는 파도 소리가 여기까지 올라옵니다. 눈을 감아봅니다. 아직 태어나지 않은 희미한 형체로 된 세계가 보여요. 그 세계는 정돈되어 다듬어지기를 바라고 있습니다. 인간의 형상을 한 그림자 무리도 보여요. 그 형상들은 마법을 걸어 구원해 달라고 손짓합니다. 비극적인 것, 우스꽝스러운 것, 그 둘을 다 가지고 있는 것도 있습니다 — 나는 이 형상들을 진짜 좋아합니다. 그러나 나의 가장 깊고 가장 은밀한 사랑은 금발과 파란 눈의 사람들, 밝고 활기찬 사람들, 행복하고 사랑스럽고 평범한 사람들에게 있습니다.

리자베타, 이 사랑을 나무라지 마세요. 이는 선하여 열매를 맺는 사랑입니다. 그 속에는 갈망이 있고, 우울한 질투와 약간의 경멸, 그리고 온전하고 순결한 축복이 있답니다.

2부

–

해설

토마스 만 부부와 여섯 자녀들.

바다를 배경으로 찍은 토마스 만의 가족사진입니다. 어머니가
브라질에서 바다를 건너왔고, 그 자신은 독일 북부 뤼벡에서
태어나 평생 발트해를 그리워했고, 캘리포니아에서도 바닷가
에 집을 지어 망명 생활을 이어갔으니, 그에게 바다는 어쩌면
세상 사람과 세상사가 얽혀 있는 자신의 뿌리이자 근원이었는
지 모르겠습니다.

사진에서 만의 가족은 밝게 웃고 있습니다. 행복해 보입니다.
토마스 만은 평범하고 사랑스럽고 활기찬 일상이 깃든 예술관
(그 당시 예술 세계와는 거리가 있는)을 추구했기 때문에, 가족

130

의 유쾌한 모습이 한편 당연하다는 생각이 듭니다. 하지만 다른 한편 "딸이 태어났을 때 화가 났었다"라는 그의 발언이나 "내가 있는 곳에 독일 문화가 있다"라는 그의 자부심 뒤에 숨어 있을 가족들의 고뇌, 봉사, 헌신 같은 것들도 스쳐 갑니다.

토마스 만은 유서 깊고 부유한 상인 가문에서 태어났습니다. 하지만 아버지가 돌아가시자 집안이 기울어 뮌헨으로 거처를 옮기게 됩니다. 정규 교육은 실업고교를 중퇴하고 뮌헨 공과대학에서 2년간 청강했던 것이 전부였지만, 토마스 만은 20대에 들어서자 이탈리아 등지를 여행하여 경험을 쌓으면서 유년 시절부터 시작한 글쓰기에 온 힘을 다해 몰두합니다. 그래서 26세에 자신의 재능으로 당당하게 부와 명성을 쌓았고, 30세에 카타리나 프링스하임에게 청혼할 때는 이미 사회적 명사가되어 있었습니다. 카챠(애칭)는 뮌헨 대학 수학과 교수의 딸로, 뮌헨 대학에서 수학과 물리학을 전공한 유일한 여학생이었습니다. 프링스하임 집안은 당시 독일 사회의 문화적 흐름을 주도하던 엄청나게 부유한 명문가였지만, 그녀는 결혼과 동시에 학업을 중단하고 여섯 아이를 키우며 남편의 비서이자 지적 동반자로 그 역할에 충실하였습니다.

첫째 아들 클라우스는 작가, 둘째 아들도 작가, 셋째 미하엘은 바이올리니스트와 문학과 교수로, 첫째 딸 에리카는 배우이자 작가, 둘째 딸 모니카는 동화 작가, 셋째 딸 엘리자베트는 피아니스트로 활동했습니다. 독일인들이 독일을 문화적이며 지적인 국가로 자랑하고 싶을 때 "영국에 윈저 집안이 있다면, 독일에는 만의 집안이 있다"라고 말할 정도입니다. 특히 첫째 아들 클라우스는 아버지보다 더 이른 나이에 희곡을 발표하였고, 그 이후 누나 에리카와 다른 유명 작가의 아들 베데킨트, 후에 독일의 전설적인 연극배우가 된 그륀트컨트, 4명과 함께 극단을 꾸려 유럽 순회공연을 나서기도 했습니다. 이들은 부모의 유명세를 등에 업고 화려한 경력을 시작할 수 있었고, 이에 언론과 대중은 열광했습니다. 클라우스는 한 걸음 더 나아가, 나치 시대에 아버지가 내딛지 못했던 정치적 행보를 보다 명료하고 과감하게 실천에 옮겼습니다. 그래서 한때 아버지의 울타리를 뛰어넘을 것이라 주목을 받기도 했지만, 만의 집안 대대로 내려오는 검은 그림자들을 피해 가지는 못했습니다. 토마스 만은 아들의 죽음을 시대의 희생양인 것처럼 애써 포장했지만, 만의 집안과 그 주변에는 워낙 글 잘 쓰는 사람이 많고 그들이 남긴 자료도 방대하여, 이에 관한 진실이 밝혀지는 데 그리 오랜 시간이 필요하지는 않았습니다.

토마스 만이 평생 일정표에 따라 한 치의 오차도 없이, 마치 사제나 수도자들이 수세기 동안 전해 내려오는 의식을 행하는 수준으로 하루하루를 살았던 것은 잘 알려져 있습니다. 8시에 기상, 9시 집필 시작, 12시 산책, 점심, 아이들과 함께하거나 주위 사람들과 교류, 4시에 낮잠, 5시에는 업무에 관련된 손님을 만나거나 전화 통화, 7시 저녁식사, 독서 — 이런 일정표가 전후의 일본 작가들에게도 큰 영향을 끼쳐, 무라카미 하루키가 밝힌 하루 일정표도 이와 크게 다르지 않아 보입니다.

작가는 결국 작품으로 이야기합니다. 그래서 토마스 만의 작품을 연대순으로 정리해보았습니다. 그중에서 〈토니오 크뢰거〉(1903)는 작가가 28세에 이미 자신의 예술관을 구축하고, 시대의 거친 격랑 속에서도 그의 작품들을 어떻게 형상화하고 어떻게 확장하여 나갔는지, 그 출발점과 핵심을 생생하게 보여주는 대단히 중요한 작품입니다. 세계 문학사적 관점에서도, 누군가 〈토니오 크뢰거〉는 수많은 독자와 역사의 여과기를 거쳐도 끝까지 살아남을 20세기 단 한 편의 문학 작품이라고 평했다면, 저는 다소 과장된 표현이라 살짝 미소 짓겠지만 그 의견에 조용히 동의할 것입니다.

토마스 만은 마지막 순간까지 정말 열심히 살았고, 지치지 않고 일했으며, 많은 것을 성취하였습니다. 그는 오늘날에도 철저히 자기 성찰을 거친 예술을 지향하였던 작가로 〈토니오 크뢰거〉 속에서 살아 숨 쉬며, 전 세계 독자들에게 무한한 영감을 주고 있습니다.

1875. 6. 6.   독일 뤼벡Lübeck에서 출생

1893. 18세   고교 중퇴 후 뮌헨으로 이주

1894. 19세   단편 〈타락Gefallen〉 발표

1895. 20세   뮌헨 공대에서 2년간 청강

1896. 21세   형 하인리히Heinrich와 함께 이탈리아와 팔레스트
             리나에 3년간 체류

1898. 23세   단편 〈키 작은 프리데만 씨Der kleine Herr
             Friedemann〉 발표/ 뮌헨으로 귀환

1900. 24세   군복무

1901. 26세   장편 《부덴브로크가의 사람들. 어느 가문의 몰락
             Buddenbrooks. Verfall einer Familie》 출간

1903. 28세   단편 〈토니오 크뢰거Tonio Kröger〉 발표

1905. 30세   카타리나 프링스하임Katharina Pringsheim과
             결혼

1906. 31세   희곡 〈피오렌차Fiorenza〉 발표

1909. 34세   장편 《대공전하Königliche Hoheit》 출간

1912. 37세   단편 〈베네치아에서의 죽음Der Tod in Venedig〉
             발표

1918. 43세　논설집 《한 비정치적 인간의 고찰Betrachtungen eines Unpolitischen》/ 보수주의의 허점과 시대적 낙후성을 깨달음*

1922. 47세　연설문 〈독일적인 공화국에 대하여Von Deutscher Republik〉/ 민주주의로 변신을 시작*

1924. 49세　장편 《마의 산Der Zauberberg》 출간/ 독일의 낭만주의적 '죽음과의 공감'에서 민주주의적 '삶에 대한 봉사'로 나아가는 세계관으로 전환*

1929. 54세　노벨문학상 수상

1930. 55세　단편 〈마리오와 마술사Mario und der Zauberer〉 발표/ 파시즘의 정체를 폭로하고, 그 최후까지를 예언*

1933. 58세　《야콥의 이야기Die Geschichten Jaakobs》(요젭 소설 1권) 출간/ 히틀러가 수상이 되자 망명을 시작

1934. 59세　《청년 요젭Der junge Joseph》(요젭 소설 2권) 출간

1936. 61세　《이집트에서의 요젭Joseph in Ägypten》(요젭 소설 3권) 출간

1938. 63세　정치평론집 《유럽에 고함Achtung Europa!》/ 파시즘 타도를 위해 휴머니즘을 전투적 자세로 취할 것을 설파*/ 2년간 미국 프린스턴대 초빙교수 재직

1939. 64세	장편 《바이마르에서의 로테Lotte in Weimar》 출간/ 괴테를 주인공으로 하는 천재의 내면을 그려, 히틀러 독일과는 다른 독일을 보이려고 노력*
1940. 65세	미국 캘리포니아로 이주/ 이후 12년간 체류
1943. 68세	《부양자 요젭Joseph der Ernährer》(요젭 소설 4권) 출간/ 이로써 4부작 《요젭과 그의 형제들Joseph und seine Brüder》 완간
1945. 70세	연설문 〈독일과 독일인Deutschland und die Deutschen〉/ 전후 미국 사회에 독일인과 독일 문화의 입장을 변호*
1947. 72세	장편 《파우스트 박사. 친구가 이야기하는 독일의 작곡가 아드리안 레버퀸의 생애Doktor Faustus. Das Leben des deutschen Tonsetzers Adrian Leverkühn, erzählt von einem Freunde》 출간/ 천재 작곡가가 악마와 결탁하여 몰락하는 비극으로 추상적이고 신비스러운 독일 혼을 파헤치며, 나치즘이라는 악마적 비합리주의가 독일에 나타나게 된 원인과 과정을 추구*
1951. 76세	장편 《선택된 인간Der Erwählte》 출간
1951. 77세	스위스에 정착
1953. 78세	단편 〈속은 여자Die Betrogene〉 발표

1954. 79세 장편 《사기꾼 펠릭스 크룰의 고백. 회고록 1부
Bekenntnisse des Hochstaplers Felix Krull.
Memoiren erster Teil》(미완)

1955. 80세 스위스에서 사망

* 부분은 지명렬 교수님이 번역하신 《토마스 만 단편선》(1985/
범우사)의 연보(231~234쪽)에서 발췌하였음을 밝힙니다.

독자 여러분도 토마스 만의 눈빛이 느껴지시나요?

앞에 놓인 형상을 꿰뚫어 보는 듯합니다.

그가 살아 있다면, 구본창 작가님의 초기 작품 〈In the Beginning 02〉(1991)를 표지로 선택한 저의 결정에, 함께 기뻐하며 환호했으리라 확신합니다. 한글로 번역된 〈토니오 크뢰거〉에 한국 작가님의 사진 작품이 어우러지자, 호기심에 가득 찬 토마스 만이 한국 독자들과 또 다른 〈토니오 크뢰거〉를 만나러 가까이 다가오고 있는, 그런 신비로운 힘이 느껴집니다.

〈토니오 크뢰거〉는 제가 가장 좋아하는 작품입니다.

왜 좋아하나요? 누군가 묻는다면, 먼저 저의 취향 때문일 것
이라 답하겠습니다. 저는 라틴계보다 게르만계를 좋아하고,
남부 독일보다는 북부 독일을 좋아합니다. 그리고 난해할지
라도 기본적인 구조와 주제가 명료하며 다양한 인물들을 통
해 그 매력이 다가오는 북부 유럽의 〈에다〉 같은 소설 형식
을 좋아합니다. 저는 〈토니오 크뢰거〉가 그 짧은 이야기 속
에서 바그너식의 무한 선율에 몸을 맡기고, 북부 유럽의 특
징을 섬세하게 드러내는 아주 화려하고 웅장한 교향곡으로
변모해 나갈 때 경이로움을 느끼기도 하였습니다.

그렇다고 제가 이야기의 구성 방식이나 전개 방식 같은 형식
적인 면에만 매료된 것은 아닙니다. 젊은 토마스 만이 '예술가
란 무엇인가?'라는 주제 앞에서, 철저하고 끈질기게, 침착하고
도 격렬하게 싸워, 극심한 고통 끝에 얻어낸 문장 하나하나가
온몸으로 느껴졌기 때문이었습니다. 더 나아가 니체의 철학을
바탕으로 예술가라는 존재가 평범한 사람들의 생각과 행동을
철저히 분석하다 보면 자칫 삶에서 멀어져 고독하고 병든 인간

이 될 수 있지만, 진정한 예술가라면 자기 성찰을 통해 — 삶의 의지가 약해진 사회까지도 자극하여 인간과 삶을 구원할 수 있다는 토마스 만의 예술관에 동의하였기 때문이었습니다.

〈토니오 크뢰거〉는 다양한 사랑의 형태를 보여주는 9장으로 구성되어 있습니다. 어린 시절을 보낸 후(1과 2장) → 고향을 떠나 뮌헨에서 예술가로 명성을 쌓고(3장) → '예술가란 무엇인가?'에 대한 토론을 벌인 후, 덴마크로 여행을 결심합니다(4장과 5장) → 고향 방문에서 기묘한 체험을 하고, 북쪽으로 여행을 계속하다가(6장과 7장) → 목적지에 도착한 호텔에서 어린 시절을 다시 만난 후에(8장) → 자신의 혼란스러웠던 정체성을 정리하고 새로운 창작을 다짐하는 편지를 띄우게 됩니다(9장). 토마스 만은 여기에서 흥미로운 인물들을 등장시켜 소설이라는 장르의 즐거움을 더해줍니다.

여러분은 〈토니오 크뢰거〉에서 누가 가장 인상적이었나요?

저는 단 두 문장으로 묘사된 예술가 2명 앞에 멈추어 섰습니다. 한때는 피아니스트였을지 모르나, 이제는 남의 실수를 웃음거리로 만들어버리는 야비한 크나크 씨의 지시를 기다리는 하인첼만 씨의 무력함에 화가 났고, 천재적인 예술가이지만 배역이 들어오지 않고 일자리가 없어, 이제는 초라한 인간으로 변해가는 연극배우의 자의식이 안타까웠습니다.

독자 여러분! 〈토니오 크뢰거〉의 좋아하는 장면을 선택하여, 한번 큰 소리로 읽어보십시오. 운율이 느껴질 것입니다. 그리고 되도록 천천히 읽어보십시오. 그러면 "왕은 울었다" 같은 대목에서 당신도 토니오와 함께 울게 될지 모르겠습니다. 시대가 변화하여 혈통 귀족이 사라지고, 다양한 직업이 시민사회에 나타났습니다. 아주 적은 분량으로 묘사된 인물들의 특성에도 주의를 기울여보십시오. 당신 모습도 보일지 모르겠습니다. 토마스 만은 파란 눈에 금발로 이루어진 무리는 지성이 필요 없어 대수롭지 않게 처리합니다. 그렇다고 걸핏하면 넘어지며 예술가에게 편지나 보내고 강연이나 따라다니는, 마음도 몸도 성치 않은 그런 사람의 무리에도 우호적인 시선을 보내지 않습니다. 자신의 힘으로 마주해야 할 일까지 남의 손에 맡기려 하는 그들이 어쩌면, 사회를 위험한 상황으로 몰고 가서 해를 끼칠 수도 있는 잠재적 집단으로 보기 때문입니다.

잠깐만요! 2차 세계대전에서 독일이 패한 직후, 토마스 만이 인류에게 씻을 수 없는 죄악을 저지른 독일인을 옹호하기 위해 행했던 연설에서 "선한 독일과 악한 독일이 존재하는 것이 아니라 악마의 간계로 악하게 되어버린 하나의 독일이 있을 뿐"이라던 말이 갑자기 떠오르네요. 그는 악마라는 히틀러에게 잘못 이끌려 인류 앞에 씻을 수 없는 죄악을 저지른 자신의 조국 독일에 대해, 하느님의 은총을 구하며 세계인으로부터 용서를 빌었습니다. 두 개의 독일이 모두 독일인 속에 존재한다며, 악한 독일은 잘못된 선한 독일이라는 토마스 만의 발언은 사실 양자역학 시대를 살아가는 21세기의 우리에게는 그다지 큰 거부감 없이 받아들여집니다. 하지만 그 당시에는 어떠했을까요?

이쯤 되면 〈토니오 크뢰거〉를 서양의 전통적 이분법인 '예술성 대 시민성'으로 나누는 분석의 틀에 한계가 왔다는 생각이 듭니다. 한스만 보더라도, 약속을 잊은 핑계를 축축한 땅을 내려다보며, 오히려 약속이 이루어질 것 같지 않아 화가 날 뻔했다는, 예술가보다 더 예민한 감성으로 토니오의 마음을 단번에 풀어줍니다. 〈돈 카를로스〉를 읽겠다는 약속은 대사업가로 성장할 면모를 보여주었다고 할까요? 그렇다면 허영과 경박함으로 가득 차 크나크 씨를 경탄해 마지않는 잉에와는 구별되어야 할 것 같습니다. 1장에서 토니오와 한스 사이에 이머탈을 등장시킨 토마스 만의 삼각 구도를 깊이 있게 파악할 필요가 있다고 생각합니다. 또한 이를 소설의 첫 문단에 나오는 "가끔 얼음도 눈도 아닌, 부드러운 싸라기 같은 것"이라는 문구와 함께 상기할 필요도 있습니다. 실체는 싸라기이기만 그것은 얼음과 눈의 속성을 모두 가지고 있습니다. 단지 그것이 정확히 관찰

될 때까지 불확실성에 머무르는 것뿐이죠. 독일이라는 실체가 있지만 착한 독일인지, 악한 독일인지는 경험을 해보아야 알 수 있듯이 말입니다.

이제 〈토니오 크뢰거〉는 '예술성 대 시민성'의 이분법적 틀에서 벗어나, '예술성과 시민성'의 2가지 속성을 포함하지만, 이것이 정확히 관찰될 때까지 불확실성으로 남아 있는 제3의 상태까지 포함하는 새로운 분석의 틀이 필요하다고 주장할 수 있겠습니다.

토니오는 예술가라는 유형에 대해 의혹을 품고 있습니다. 그렇다면 〈토니오 크뢰거〉에 나타나는 인물 중에서 진정한 예술가는 누구일까요? 크나크 씨는 분명 아닐 터이고, 봄만 되어도 자신조차 감당하지 못해 카페로 도망가는 아달베르트일까요? 여행 중에 만난 함부르크에서 온 젊은 상인, 혹은 은행가이자 범죄자인 소설가일까요? 아니면 온갖 명예와 부를 소유했으면서도 예술의 세계마저 탐하는 젊은 소위일까요? 그 소위는 어떠하였나요? 예술은 자신의 전부를 바쳐, 한번은 죽었다가 다시 태어나야 하는 작업임에도, 이런 분투 없이 그저 월계수에서 잎이나 따려 하는 인간을 토니오는 혐오하며, 그런 이들은 자신이 저지른 오류와 잘못에 대해 스스로 대가를 치러야 한다고 단호히 잘라 말합니다. 그들은 얼굴에 가면을 쓴 채 거리를 활보하는, 도무지 부끄러움을 모르는 인간들이기 때문입니다.

진정한 예술가로 리자베타가 등장합니다. 그녀는 자신은 우둔하고 그림 그리는 여자에 불과하다고 겸손해하지만, 자신 일을 사랑하며 진지하게 작품을 만들어나가는 화가입니다. 예술가인 그녀는 문학의 힘에 대해서도 담담히 다음과 같이 말합니다. "문학의 힘은 사람의 마음을 성스럽게 깨끗하게 할 수 있다는 겁니다. 인식과 언어를 통해 열정을 가라앉힐 수 있다면, 문학이란 이해, 용서, 사랑으로 나아가는 길이고, 문학의 언어란 인간을 구원하는 힘이 있고, 문학의 정신은 인간 정신을 통틀어서 가장 고귀한 현상이며, 문학가는 완벽한 인간이자 성자와도 같습니다." 여기에서 문학을 어떠한 예술 분야로 대체해도 토마스 만의 예술관 또한 그대로 투영된다고 생각합니다.

〈토니오 크뢰거〉의 인물들을 살펴보다가, 당신의 모습도 발견하였나요?

젊은 토마스 만이 전하는 예술적 세계관에 공감하였나요?

책을 읽고 나니, 당신도 당신 분야에서 창의적으로 일하는 데 힘을 얻었나요?

토마스 만은 예술은 단순히 재미있는 이야기를 들려주는 것이 아니라고 말합니다. 예술은 사회 밑바닥에 흐르는 보편적인 유형을 포착하여, 침착하게 놀이하듯이 짜 맞추어가는 행위라고 했습니다. 이때 예술가는 자기 자신이 무엇을 하고 있는지 명료하게 인식하고 있어야 합니다. 현실이라는 재료를 다루지만 비유와 상징을 동원해서 핵심을 찌르고 효과를 나타내는 데 주저하지 말아야 하며, 극심한 고통 속에서도 마침내 작품을 만들어내야 합니다. 자신에게 다가온 희미한 형체를 정돈하고 다듬어 형상으로 만들어 세상을 구원하는 일을 하는 사람, 그런 사람이 예술가입니다.

잠깐만요! 두 번이나 외치네요. 21세기를 사는 우리의 경우, 꼭 그림을 그리거나 작곡하고 연기하는 예술가들만이 위와 같은 작업을 할까요? 아니라고 생각합니다. 한 분야의 전문가가 되고자 온 힘을 다해 애써본 사람이라면 누구나 주위와 고립되어 몰두하고 집중하는 시간이 필요하다는 것을 알고 있습니다. 하지만 이때 혼자라는 고독감에 나약해져서, 자신의 작업이 완성에 이르지 못할까 두려워한 적은 없나요?

가끔 무대 위에서 인상을 찌푸리며 연주하는 바이올리니스트를 봅니다. 왜 그럴까요? 자신이 음악을 느끼고 있음을 과시하여 청중도 자신과 같이 느껴야 한다는 분위기를 조성하려는 것일까요? 관객은 불편할 때가 있습니다. 토마스 만의 다른 단편 〈마리오와 마술사〉에서 마술사가 자신의 목표를 달성하기 위해 채찍을 휘둘러 관객을 지배하고 모욕하며 자신의 권력을 얻어 유지해 나가는 기묘하고 섬뜩한 장면이 나옵니다. 예술가가 무대에 섰는데도 자신의 연주를 아직도 느껴야 하는 수준이라면, 그는 풋내기이며 서투른 자일 뿐입니다. 그리고 예술가의 경지에 절반도 도달하지 못했는데도, 예술의 칼춤을 추겠다고 무대에 오르는 자들을 토마스 만은 위험하기 짝이 없다고 말합니다. 하물며 사기꾼일지 모르니 경계하라고 경고합니다.

바로 이 지점에 〈토니오 크뢰거〉가 매우 현대적으로 읽히는 이유가 있습니다. 0과 1로 분류하여 내 편, 네 편 가르기 식의 이진 분류법은 확실히 시대적으로 낙후되었습니다. 〈토니오 크뢰거〉에서는 대립적인 0과 1에다, 0과 1을 둘 다 가지고 있는 또 하나의 상태까지 포함하여, 그것이 관찰을 통해 어떤 한쪽으로 판명이 날 때까지 불확실성을 지닐 수밖에 없는 우리의 삶을 '예술가란 무엇인가?'라는 선명한 주제의식을 통해 대단히 흥미진진하게 풀어나가고 있습니다.

그래서 〈토니오 크뢰거〉는 평생을 곁에 두고 이따금씩 열어보는 보물함처럼, 길을 잃었을 때 언제라도 다시 돌아와 펼쳐 보는 동반자 같은 작품이라고 생각합니다. 저는 이 책을 중학교

2학년 때 선물로 받았고, 아직도 가지고 있습니다. 독자 여러분에게도 이 책이 선물로 찾아오는 행운이 있기를, 그 축복에 천사가 미소 짓기를 기원해 봅니다.

1. 이 책의 문단 나누기와 들여쓰기 방식이 독자 여러분에게 무척 생소하였을 것입니다. 토마스 만의 원서 형식 그대로를 가져왔기 때문입니다. 우리말에서 흔히 보는 문단 나누기나 단락 시작 부분의 들여쓰기와 달리, 독일어에서는 서술문이든 대화문이든 들여쓰기를 하지 않고, 문단이 끝나면 한 줄을 띄어 씁니다. 대화문일 때는, 말하는 이가 바뀌면 한 줄씩을 띄어 씁니다. 이러한 독일어의 문단 짜기는 오늘날의 편지쓰기에서조차 잘 유지되고 있는 (그러나 요즈음 '국제적'이라는 이름 아래에서 조금씩 유연해지고 있는) 독일의 글쓰기 방식입니다.

2. 〈토니오 크뢰거〉에서는 같은 단어나 같은 문장 구조를 반복 사용하여, 음악적 색채와 운율을 느낄 수 있는 곳이 적지 않습니다. 저는 이 아름다운 특성을 우리말 번역에서도 놓치지 않으려 노력하였습니다.

3. 부호 사용에는 토마스 만의 깊은 뜻과 의도가 숨어 있습니다. 따라서 아래 2가지 변화를 제외하고는 원문의 것을 그대로 가져왔습니다. 1) 독일어의 》《는 우리말의 큰따옴표(" ")로, 독일어의 〉〈는 우리말의 작은따옴표(' ')로 바꾸었습니다. 2) 우

리말에서 거의 사용하지 않는 콜론(:)과 세미콜론(;)은 삭제하였습니다. 이상입니다. 그리고 강조 표시인 이텔릭체는 우리말 번역어에 적용하였습니다. 잘 보일지는 모르겠네요……

4. 주석은 넣지 않았습니다. 그 이유는 21세기 정보화 시대에 사는 우리는 언제 어디서나 검색 가능하며, 몇 줄의 설명이나 해석이 오히려 독자 여러분의 상상력을 해치지 않을까 염려하였기 때문입니다.

5. 독일 서사문학에서 자주 보이는 '체험화법Erlebte Rede'이 〈토니오 크뢰거〉에서도 등장합니다. 체험화법이란 인물의 '내적 고백Innerer Monolog'과 서술자의 서술이 함께 이루어지는 기법으로, 직접화법과 간접화법의 중간 형태입니다. 말하자면, 회상의 서술 장면은 보통 3인칭 화자 '그er'와 과거시제로 쓰이는데, 이를 1인칭 화자 '나ich'와 현재시제로 바꾸어도 아무런 문법적 문제가 발생하지 않는 경우입니다. 오히려 1인칭 현재시제를 썼을 때, 독자 여러분은 화자의 내면 목소리를 더욱 생생하게 들을 수 있어 빠른 감정이입이 일어나는 경험을 하게 될 것입니다. 사실 저는 〈토니오 크뢰거〉에서 1인칭으로 변환했으면 하는 문단을 몇 군데 발견하였습니다. 그러나 원문과 달라지는 이러한 시도에 문제는 없는지, 관련 문헌을 살펴보고 확신이 설 때까지 적지 않은 시간이 걸렸습니다. 이 과정에서

토마스 만 연구의 권위자이신 안삼환 교수님과 김륜옥 교수님의 도움도 받았습니다. 두 분 교수님께 깊이 감사드립니다.

6. 혹시 책표지가 사진 작품으로 시작하여 의아해했던 분들이 계셨나요? 저는 〈토니오 크뢰거〉를 그림의 감성에서 문자의 인식으로, 지금 여기에서 저 먼 곳으로 갔다 — 다시 돌아오는 길로 안내하고 싶었습니다. 표지의 푸른빛은 발트해와 우리 도자기에서 왔습니다.

7. 이 책의 원본 *Tonio Kröger/ Mario und der Zauberer*(1976)는 독일의 피셔 출판사가 학생들을 위해 제작하여, 1922년 이후 반세기가 훨씬 넘도록 엄청난 인기를 누렸던 문고판 Fischer Taschenbuch Schulausgabe입니다.

문미선(文美仙)

언어학자이자 인문학자로 32년간 교수 생활을 하며 다수의 논문을 발표하였고, 동료 교수님들과 함께 여러 권의 전문 서적을 번역하였습니다. 하지만 문학 작품 번역은 이번이 처음입니다.

이화여중고교와 한국외국어대학을 졸업하고, 독일 함부르크 대학과 자르란트 대학에서 수학했으며, 미국 미시간 대학에서 석사와 박사 학위를 받았습니다. 한국독어학회 회장과 한국독어독문학회 회장을 지냈으며, 현재 서울여대 독어독문학과 명예교수입니다. 인문 에세이 《파랑새를 만난 한국인》(2019), 《미래 교육: 최고에서 최적으로》(2020)를 펴냈고, 《토니오 크뢰거》(2022) 번역 이후에는 자전적 교양소설 《이아린》(가제) 집필로 돌아가 너무 늦지 않은 미래에 작품을 완성하고 싶습니다.

표지화 · *In The Beginning 02*, 1991 ⓒ Koo Bohnchang

토니오 크뢰거

1판 1쇄 인쇄 2022년 10월 17일
1판 1쇄 발행 2022년 10월 25일

지은이 토마스 만
옮긴이 문미선

펴낸이 정용철 **편집인** 이경희, 김보현 **디자인** ⓒ단팥빵
제작 제이킴 **마케팅** 김창현 **홍보** 김한나
인쇄 (주)금강인쇄

펴낸곳 도서출판 북산
등록 제2013-000122호
주소 06197 서울시 강남구 역삼로 67길 20, 201호
전화 02-2267-7695 **팩스** 02-558-7695
홈페이지 www.glmachum.co.kr **이메일** glmachum@hanmail.net
블로그 blog.naver.com/e_booksan **페이스북** facebook.com/booksan25

ISBN 979-11-85769-61-5 03850